一个女兵的阅兵日记

YIGENVBINGDEYUEBINGRIJI

段学敏/著

山西出版集团 | 山西人民出版社

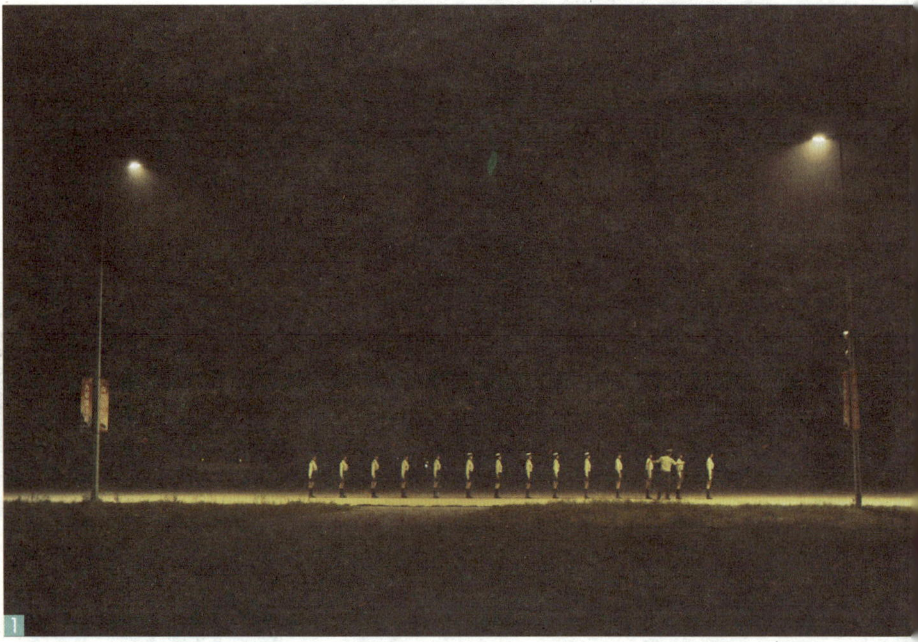

一个女兵的阅兵日记
YIGENVBING DE YUEBINGRIJI

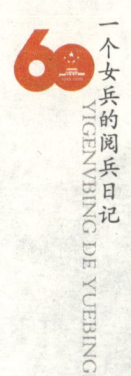
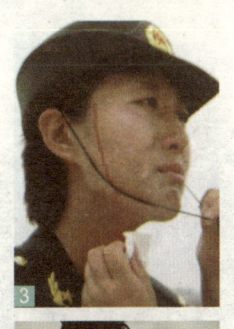

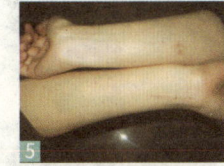

1. 基准兵夜训　2. 地表温度50℃以上
3. 流血流汗不流泪
4. 一年里,磨破了作战靴4双,每双破烂程度不亚于这双
5. 磨伤的臂　6. 泪水
7. 训练伤让我疼痛难忍,训练结束还没来得及擦汗就飞奔去找医生理疗
8. 雪中静站　9. 标齐　10. 汗水

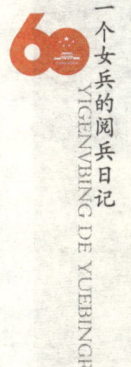

一个女兵的阅兵日记
YIGENVBING DE YUEBINGRIJI

1. 雨中训练
2. 全排队友一个都不掉队，军礼留恋
3. 人在排二，志在排头
4. 和队长在一起
5. 每天四小时以上的军姿训练，挺胸、收腹、收下颌四小时不动，四小时不倒

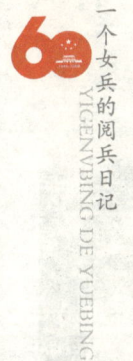

一个女兵的阅兵日记

YIGENVBING DE YUEBINGRIJI

1. 沙河阅兵村的早晨
2. 雨后
3. 阅兵村的晚霞
4. 通州阅兵村营门
5. 沙河阅兵村营门
6. 良乡桃花
7. 营区小草
8. 阅兵村夜景

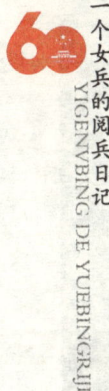

一个女兵的阅兵日记
YIGENVBING DE YUEBINGRIJI

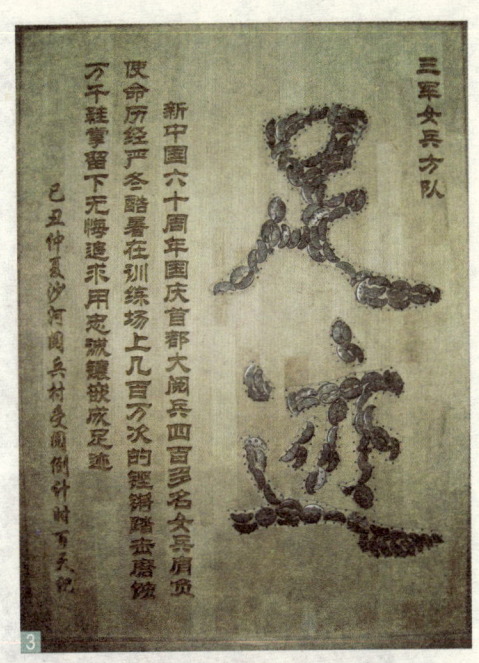

三军女兵方队

足迹

新中国六十周年国庆首都大阅兵四百多名女兵肩负使命历经严冬酷暑在训练场上几百万次的铿锵踏步磨破万千鞋掌留下无悔追求用忠诚毅毅铭成足迹

己丑仲夏沙河阅兵村受阅倒计时百天记

1. 7排全体
2. 7排战友和教练合影
3. 一起走来,忘了磨坏多少副鞋掌,方队收集我们掉在训练场上的鞋掌,做成我们的"足迹"
4. 我们庄严宣誓,为了十月一日盛典,请党中央、中央军委和胡主席放心

一个女兵的阅兵日记
YIGENVBING DE YUEBINGRJI

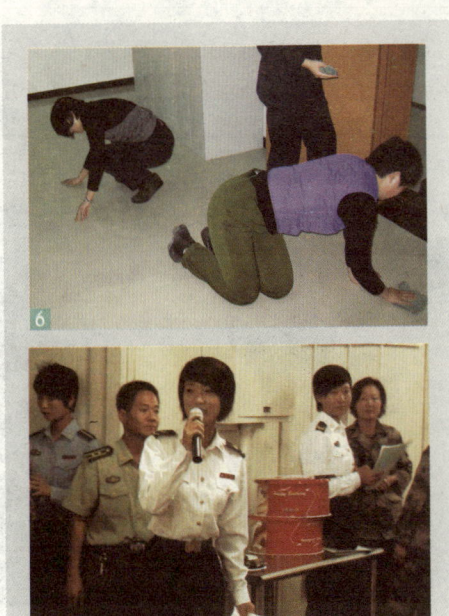

1. 春节
2. 聚餐
3. 良乡梦寐以求的肯德基,香
4. 我和楠楠
5. 扫雪
6. 清理内务
7. 很荣幸担任8月份集体生日晚会的主持,我们也有别样的乐趣

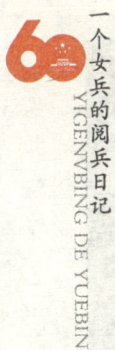

一个女兵的阅兵日记
YIGENVBING DE YUEBINGRIJI

1. 8月29日凌晨在天安门首次适应性训练
2. 方队领队
3. 2009年10月1日，圆满地完成了祖国交给的国庆阅兵任务，迈着坚实矫健的步伐，走过了神圣的天安门广场
4. 倒计时还剩4天5时30分37秒，欣喜万分
5. 化妆
6. 十一走过天安门
7. 惜别

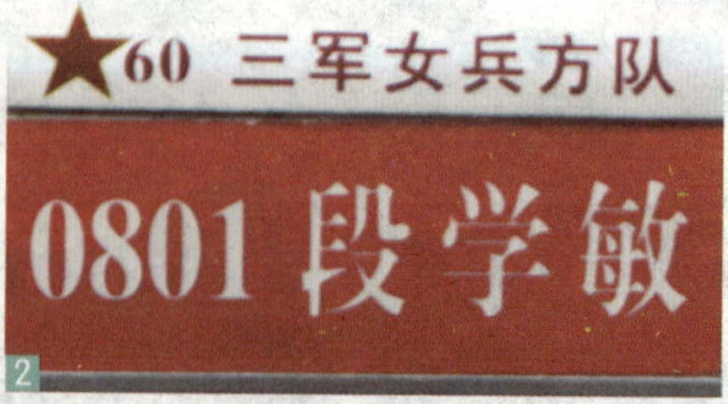

★60 三军女兵方队

0801 段学敏

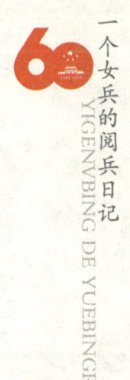

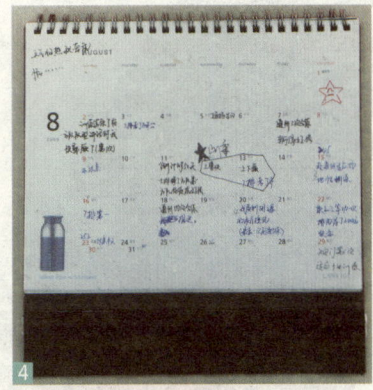

1.2009年8月,荣立三等功一次 2.我的胸牌"0801"

3.建国60周年国庆首都阅兵领导小组颁发的阅兵纪念章

4.阅兵训练期间用的月历,上面记载着我每天的训练情况与期盼

5.阅兵联合指挥部颁发的"阅兵证书" 6.荣立二等功"立功受奖证书"

7.荣立二等功奖章 8.我心爱的日记本,记录了阅兵期间三百多个日日夜夜

方队全体

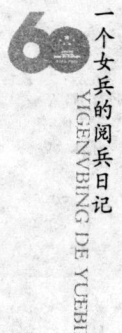
一个女兵的阅兵日记
YIGENVBING DE YUEBINGRIJI

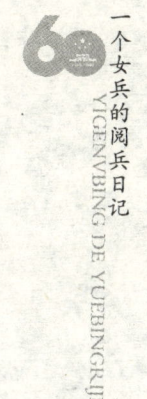

自序

新中国成立60周年国庆首都阅兵的神圣使命吹响了三军女兵的集结号,在中央军委、总后勤部、第四军医大学、白求恩军医学院党委和阅兵联合指挥部的坚强领导下,我校以及总后各直属单位、北京军区、海军和空军部队接受了三军女兵方队组建任务。经过层层选拔,我们500多名女兵集结北京,战严寒斗酷暑,不叫苦不喊累,出色地完成了良乡的基础训练,沙河阅兵村的集中训练,通州阅兵村合练以及天安门预演,圆满地完成了建国60周年国庆首都阅兵任务。

在阅兵训练的准备过程中,中共中央总书记、国家主席、中央军委主席胡锦涛亲临阅兵村,接见了我们徒步方队的部分代表,我作为三军女兵方队的代表之一受到总书记的接见,深感光荣和自豪。

主席与我们亲切握手并合影留念。

阅兵生活是艰苦的,又是快乐的;是单调的,又是充实的;是漫长的,又是短暂的;是紧张有序的,更是刻骨铭心的。在300多个日日夜夜里,我和我的战友们一起走过风雨,一起走过冬夏,我们一起苦,一起累,一起哭,一起笑,一起大叫,一起见证我们坚不可摧的意志和生命中难得一遇的精彩,一起见证我们的情谊。

通过阅兵训练,我深深地感到成长是需要勇气的,成功是需要磨砺的,只要你有勇气,顶着风雪勇敢前进,那么胜利的彩虹一定会出现。虽然阅兵任务完成了,战友们又要分赴新的工作岗位,但我会永远记住这不平凡的经历,珍惜在方队结下的真正战友情谊,在今后的人生中我会记着在这里发生的一切。以后不论有多大的困难,我都不会退缩,我会想到阅兵时坚强的自己,我会更加努力工作,把阅兵工作的作风带到更多的地方。

为了真实地记录阅兵精神,训练过程中再苦再累再紧张我都挤时间天天坚持记日记。日记中没有华丽的词语,也没有豪言壮语,点点滴滴字字句句只是阅兵生活的真实记录。在新工作岗位上的我日渐失去了阅兵时候的真我,在此整理出版仅为自省,仅为阅兵精神永存!

段学敏

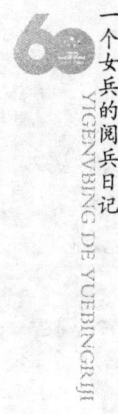

2007年9月，我从总参某部考入白求恩军医学院。入学第一天学校组织我们集体观看了《白求恩精神》和1984年、1999年《女兵方队精神》的纪录片。其中女兵方队的飒爽英姿让我倾慕不已，但我总觉得那样的生活离我很远很远。然而幸运之神竟然突然降临，2008年10月，学校受领了建国60周年国庆首都阅兵任务，以我校为主体展开了三军女兵方队选拔组建，经过严格的筛选，我有幸成为三军女兵方队的一名队员。

···2008年12月14日　　　星期日　晴

昨天晚上队里突然通知通过方队"初审"的人员明天将离开原来各自所在的队别，奔赴新的工作岗位。我迈出了进入方队的第一步。

早上接到通知，离队人员八点以前将所有东西都收拾到位，在屋里待命，等待"撤离"。上午十一点传来消息，自己和同队的15个战友分到了三中队。中队孟队长要求全体队员必须在十一点半之前将内务清整到位。当我看到二班的门上醒目地贴着自己的名字时，心中欣喜万分！来来回回跑了几十趟才算把内务整理得基本到位了。紧接着队长来班里看情况，让我先负责班里的工作。看到队长信任的眼神，我自信地接过了这份工作。一下午哨音不断，总会有新的命令和指示，这也是军队历来的作风。作为方队三中队二班的班长,我有一点点压力,首先自己必须严格要求自己,也必须严格要求班员,同时也要尽量关心她们,照顾她们。作为2004年入伍的一名老兵,应该努力做到更好。我是一个做事很认真也很叫真的人,对就是对,错就是错,上级指示我们必须服从,这是一名军人的基本素质,但面对班内的成员,必须通过多沟通来落实好工作。其实做工作需要的是更多的真心话,我暗下决心在训练和生活中一定要将二班带成标兵班。

晚上孟队长把我们带到诊断示教室的教学楼开会,强调了方队和中队的各项纪律和要求,我心里突然就紧张起来了,也有了更多的焦虑——充满神秘的方队生活正式开始了。

2008年12月15日　　星期一

今天是方队组训的第一天。早晨5:50班里就有人开始起床了,6:15出操。早晨的训练内容是:歌声、口号声训练和原地踏步练习,练的是我们的士气。看得出每名队员都士气高昂。拔军姿的时候,身体里总有一股说不出来的劲儿,那是一种超越一切的激情!

下午在学术厅第一次召开会议,我们整齐的脱戴帽动作赢得了方队长的好评。当国歌和中国人民解放

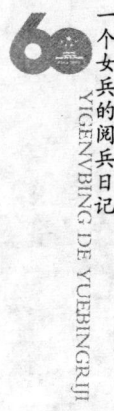

军军歌奏响的那一刻,我的心中充满了神圣感,充满了骄傲。虽然以前开会也会奏同样的歌曲,但此时所给我心灵的震撼是以往所不能比及的。记得当第一批选拔赴京集训骨干时我落选了,一种不平一直压在心底。我原本打算就这么放弃,也曾想或许这条路并不是我的,也许我还是比较适合学习。可紧随着第二批的选拔来了,我终于实现了自己的梦想,好高兴啊。我知道自己对阅兵这项光荣使命的崇尚,知道那次自己并不甘心,以我的性格,也绝不会"善罢甘休",更不可能说放弃。我发誓,在今后的日子里,一定认真对待训练的每一天,争做精优三军女兵。

　　会议之后,我们没有休息直接被带到训练场接着训练,队长表扬了我们班的军姿,也特别表扬了我,虽然只是简单的"嗯,啊,好,不错,不错……",但我的心里已经甜"歪"了。其实训练的时间也不像我想象中的那么难熬嘛!

　　晚饭后班长学条例,之后带领班员学习,这是一项很有意义的工作。后天总后首长要来学院看望我们,呵呵……又有忙的了,队长特别强调:"什么是标准?你们自己心里有数!"

…2008年12月16日　　星期二　晴

今天是入队的第二天,方队组织体检,要求空腹查血、做B超。我们三中队是最后一批体检,当B超查到我们中队时突然又说明天再查。此时已经是上午9点了,去了饭堂一看傻眼了,每人规定一块蛋糕,天呐,只有一块儿,对于饭量巨大的我来说还不够塞牙缝的,看来只好自己再买东西来充饥了。接下来我们又要为"迎接"首长的到来打扫卫生。正在班员们全都上蹿下跳地忙个不停时,又突然接到通知——明天260医院的B超医生有事,B超还得今天做,所以从现在开始又要禁食禁水了,呜,晕倒!要打扫卫生还要空腹,那我们要做完全部项目还不得等到猴年马月嘛!看来中午饭又泡汤了。中午,医生们去吃饭了,我们都傻傻地等在那里。当然,食堂也很有"爱心"地给了我们一块巴掌大的蛋糕,两根火腿,一个橘子。我们班的人刚开始都算有骨气,坚决不去领食物,坚决不吃。可做完B超都快两点了,都要饿晕了,只好吃了。噢,无奈啊!

晚上,教导员这个传奇人物终于出现了,他的话语并不华丽,但每一句都深入人心。孟教导员说:"由于交接手头的工作所以迟迟未与大家见面,我是咱们三中队的教导员,今天初次见面也没有过多的准备,我只想

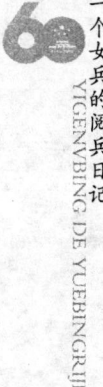

讲最简单的话，做最平凡的事，出最优的成绩。我们携手同行，一齐奋进，我有信心，你们有吗？"我们扯着喊了一天呼号的嗓子，齐喊："有！"

辛苦但却充实的一天，回去倒头就睡。

2008年12月17日　　星期三　晴

重新恢复了训练，严格执行一日生活制度。

满腔的热情化作训练的激情。

在踏步时，队长说："看看二班长啊，很好呐。做到了我的要求，腿抬高，脚尖下压绷直，落脚时脚尖先着地，让脚有一个缓冲……"表扬对我来说就是一种巨大的激励。

下午训练的内容是拔军姿。我坚持40秒钟不眨眼，这样瞪久了，眼睛开始很酸很痛就流眼泪了。队长说："我们要学习二班长啊，学学她的军姿和眼神。"同时队长也指出我存在的问题：下颌收得太狠了，所以必须在抬高头的同时收下颌；手也没贴紧裤缝线；转体时，腿没绷紧，上体晃。

转体动作要领是：

1. 转体时全身各部均用力，两腿绷直，两臂夹紧；
2. 脚跟、脚掌用力恰当，脚跟是轴，脚掌用力、身体协调一致，转体后一稳迅速靠脚，成立正姿势。

但是我做得不好，我会努力克服自己的弱点。

⋯2008年12月18日　星期四　阴

今天迎接检查。早晨发生了一件不愉快的事，打扫完室外卫生一进宿舍，好好见她床上放了件大衣就说："谁在我床上放的大衣呀？"

"哦，我。"我说。

"我可不上去啊，自己放顶柜去。"（大衣放在顶柜是我们的内务规定）

听了这句冲的话，我说："我自己会放的。"但我心里对她的态度很不满意，因为我并不是故意把大衣放在她床上的。

开饭回来的路上，好好走在了排头，一路上低着头，手在衣襟上拢来拢去的，我说："队列里走好了。"可她还在弄，都到中队门口了还在那里弄，我喊立定，她还在继续前进，当时我特别恼火。

"好好，你在干吗？说你队列里走好你不知道啊。"

"我扣子坏了。"

"你什么态度啊，我只管你队列里走不走得好，不管你有其他任何原因。"

我们都气冲冲地往宿舍走，回到了宿舍，我还是压不住火，又和她理论起刚才的事，可她仍是那种蛮不讲

理的态度,还说了许多不好听的话。

"好好,在外面我不想和你争,你说说刚才你什么态度啊? 能不能换位思考一下。"

"你别说,你凭什么说我,你没资格,你算老几呐……"

听了许许多多这样的话,我知道她不服气,心里有气。我心里很难受,但是这一回我没有因为这样的事情而流眼泪。

早上看见孟队长脚一瘸一拐的,中午我去看了看队长是不是扭伤了,结果是甲沟炎,本来带给她的一瓶药也用不着了,顺便也向队长汇报了自己的思想工作,早上发生的事也讲了,也许我只是想诉诉心里的委屈。队长说:"以后别那么顺她,杀了她的锐气才行,免得别人也对你……"可我心里也真的害怕,怕这一个班被我带散了,怕别人对我有非议,因为方队里个个都是精英……

队长突然问:"你想不想去阅兵?"

"想啊,我就从来都没犹豫过,第一次骨干在学校集训,我就参加了,没能去北京集训很失望呐,下面那张'激情请战'的照片就是我。"

"好,你的队列素质不错,好好练,相信你,可以的。"

我立时振作起来,不快也一扫而光。

下午队长在队列里好像特别留意了好好。

在此后队列编排时,我成为三中队队列示范班的一员,而且在排头,"NO.1"。

其实我也没想到自己的队列还能拿得出手,加油啊,困难会很多,要相信自己的坚强,永远不能流泪,眼泪只属于弱者,要当强者,加油!

⋯2008年12月19日　　星期五　晴

据说明天休息,而且可以外出。我一直被一种巨大的莫名的力量鼓舞着满心想着要尽自己最大的努力把列队动作做到最好。因为下午要做示范,中午从十二点半到下午两点十分我们队列示范班要加练。冬天中午的太阳居然也可以这么烈,训练头一次把头发浸湿了,我们一次也没休息,大家心里都明白下午要在全方队面前做示范动作是多么重要,虽然很累也很热,但我们七个人坚持着。14:10加练结束了,让我们休息10分钟后集合,14:30开始训练。下午的示范动作还挺成功的。今天训练外腰带被汗水浸湿了,冬天能让外腰带湿掉……这是以前不曾知道的!

通知我们星期日方队组织会操,看的是单个军人队列动作,我的宗旨是:"抓好训练每一秒,绝不让自己徒劳,一动超过一动的效率。"

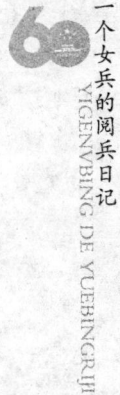

···2008年12月20日　　　星期六　阴

今天天气特别冷,四级英语上午开考,试题不像我想象得那么难。午休后我们上午四级考试的人员组织外出,到了晚上气温更低了,比白天还要冷。我们中队带队去教室填心理测评,问卷问的都是我们所面临的最现实的问题,这也是组织考验我们的一种形式,必须认真对待。来回的路上真的特别冷,战友们丝毫不受天气的影响,士气高昂,口号声比平日更响亮,我相信每一个人的心中都无比自豪——我是方队一员!

···2008年12月21日　　　星期日　阴

天气骤然变冷,气温直线下降,许多同学的手脚都冻了,方队长心疼我们,在经费紧张的情况下,想办法给我们买了大棉鞋,有阅兵经验的领导说穿着棉鞋训练是出不来效果的,但方队长只说了一句:"孩子们的身体更重要!"大家都很开心,穿着厚厚的大棉鞋,心里暖融融的。

晚上又一次带队到微机室去填心理测评,可见上级对我们确实是严格挑选。不仅要求身体素质、军事素质,更要求具备过硬的心理素质。我相信自己一定能成为方队中优秀的队员。

哦,还没忘今天是冬至了,食堂给我们吃饺子,心里觉得挺美。桌上的一小盆饺子,每人分两个有余,分三个还不足,大家你让让我,我让让你,最后我才幸福地吃到了三个。

⋯2008年12月22日　　星期一　阴

双休日之后又开始训练了。早上8:30开始训练。今天的军姿是在楼道先站一小时,因为这会儿训练场太冷了。方队很关心我们,让我们很是感动。可能是放松了两天,我有些松懈,看到别的同学可以集中精力认真训练,我的心中充满了愧疚,恨不得扇自己一巴掌。中间休息的时候,我问晨曦说:"你看看我的动作吧,有什么不标准的地方?"

我做了一个敬礼、礼毕,她说:"你做的动作为什么……哎,讲不来的那种,不讲了……"你说她不是在戏弄我嘛。

"你说吧,说吧,怎么想就怎么讲呗。"

"不知道啊,不知道怎么表达。"

"海浪,那你帮我看看吧!"

"哦,你做动作别太刻板地按条令做,例如敬礼这个动作不必那么刻意地从胸前抬起,取捷径就可以了,

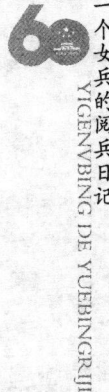

那样做出来的动作既美观又大方。"

刚刚那个同学晨曦开金口了:"你为什么做每个动作都喜欢美化它呢?其实那个样子看起来很别扭的。"

我不想听晨曦那么伤人的话,打击死我了,其实她就是讲我做作呗!

上午训练快到中间休息时,我鼻子奇痒无比,实在忍无可忍了,没打报告就揉了揉,不是忘了,是我从来就不喜欢打报告,我认为打报告是件很丢人的事(完全是个人心理问题),所以我就存有侥幸心理没报告,我看见很多战友偷偷动也没打过报告的,也没被逮到,可我恰巧就被队长逮了。

"动、动、动,不知道打报告啊!"

我又错了,本来今天的心情就差,这下更低落了。训练结束时,队长表扬了上午听课时坐姿表现好的几位,听到她们一个个打报告报姓名时,我好失望,没有我呐!那种被表扬、被羡慕的感觉突然就消失了,我必须加油了,必须每天做到榜上有名。

2008年12月23日　　星期二　晴

今天的训练状态比昨天好了很多,又能有98%的精力投入到训练中去了,很开心能这样,但我要的是100%的投入,99.9%也不可以。无论以前我把队列训练当作什么，以后我会把它当成自己最感兴趣的事去做，当成自己的事业去拼搏去争取，当成自己最热爱的书本去努力刻苦钻研。

不论我的基础如何，我相信只要能像我学习中一样那么努力、积极、刻苦，就一定会成功。

队长讲:"细节决定成败!"从细节开始,走我的成功之路。

···2008年12月24日　　星期三　晴

平安夜——

方队今天给我们12月份过生日的所有同学过了一个集体生日,让我回想起了新兵连有苦有乐的日子。很巧的是常方队长的生日也是12月份,我们所有的"寿星"一起和方队长合影,心中很激动。在开饭前方队长的一番感言让我们内心很是激动,那种鼓舞是非同小可的。也许如他所讲,生在12月的人个个都是有福气的,都是幸运的,这是方队组建以来第一次给大家过集体生日。

今天是平安夜，可我不能亲手把苹果送给爸爸妈妈妹妹，以及更多的不在我身边的亲人和朋友，我只能送给他们一声轻轻的问候、深深的祝福。

爸爸妈妈妹妹战友同学朋友们，平安夜里祝你们

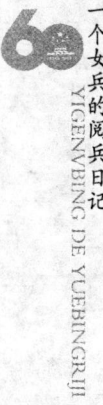

一生平安,健康幸福。

今天训练我特别认真,出早操的时候天气很冷,但我尽全力做好每一个动作,受到了队长的表扬。也许别人对你的一句肯定就决定了你生活工作的意义。加油哦,你一定可以很棒的。

···2008年12月25日　　　　星期四　阴

这个圣诞节虽然没有什么特别的准备,但一定是一个值得特别纪念的圣诞日。1999年的时候从电视里看到女兵方队时心里全是羡慕,可我做梦都不曾敢想我能成为其中一员,现在成为方队的一员,心里全是满满的自豪。

···2008年12月26日　　　　星期五　晴

今天迎接总参首长的检查,从早上我们就开始彻底打扫卫生,努力训练,可没有等到首长来。下午我们又高标准地打扫卫生又严要求地刻苦训练,正当我们训练得热火朝天时,首长们终于来了,径直去了白求恩会堂。而后在方队会议室开了小会,匆匆忙忙上车走了。我站在八排面,只知道我们三中队在敞开嗓门撕心裂肺地喊口号,队长竖起了大拇指夸我们。唉,突然觉得我们真像传说中的"傻大兵",就会使傻劲儿,呵呵。快进京了,同学们都特别的舍不得,我心里也有一点点波动。

···2008 年 12 月 27 日　　　星期六　晴

快要进京了,方队批准我们放假外出购物,其实这段时间过得挺充实的,但也体会到了要想以后仍能自豪地炫耀什么,我们必须付出很多,也许那种付出是我们任何一个队友都想不到的,但要明白,现在你已经成为方队一员,那么你必须准备好一切!

···2008 年 12 月 28 日　　　星期日　晴

下午召开了三军女兵赴京集训动员大会,会上常方队长和于政委的讲话,更加坚定了我们的信念。我从始至终都决心去参加阅兵,一种责任感和使命感占满心头,我骄傲成为女兵方队的一员,骄傲能成为全国人民乃至全世界注目的焦点。

我从来都没有想过阅兵能有什么回报,我认为需要的是这种经历,待遇什么的似乎都那么渺小,这种人生的阅历是一种财富,一种无价之宝。虽然今年春节不能回家过年了,但方队说,一定会给我们过一个不同寻

常的春节,会让我们度过一个一生难忘的春节。我想经过这次训练,我的人生肯定会是一种飞跃。

我相信,我能行。

···2008年12月29日　　　星期一　晴

上午召开了三军女兵赴京集训誓师大会,在国歌声中,我们起立,国歌对我有了一种是深刻,更切近的意义,作为女军人我自豪,作为受阅方队中的一员我幸运。我心潮澎湃地宣誓:必须严格要求自己,做到最好,为自己人生增添光彩而又辉煌的一笔。看到战友们羡慕的目光我更加坚定了自己的选择,走下去,做一名一流的三军女兵方队队员。

···2008年12月30日　　　星期二　晴

今天是组织训练以来静站时间最长的一次,大家似乎都不同程度地有那么一点痛苦,我能听见周围的几个战友小声地嘀嘀咕咕的,还夹着那种粗重的呼吸声,我想这应该是一种抗议,也可能是一种发泄。的确,比平时多出的那点时间绝对是一种煎熬,当时我最想听到的是我平日最害怕的哨音,此时此刻把"集合"换成"休息",那我会幸福地晕倒。可我必须坚持,别人可以的我也可以,而且要比她们做得更好!

…2008年12月31日　　星期三　晴

方队昨天决定我们今天休息,可早上集合的时候,我们中队又来了11名第四军医大的干部学员和战士,同时,第一批去北京集训的骨干和王队长也回来了。这样,方队决定禁止我们外出,组织观看骨干集训的训练成果。

早上我们一如既往地进行早操训练,11名骨干光荣归来,我心中有很多的不平衡,又开始找不准自己的位置了,原本我也可以成为11名中的一员,她们获得的荣耀、尊重、很多很多,一样也能属于我。可现在……我不得不承认,她们齐步走的脚跟、膝盖做得近乎完美,我清楚自己不接受她们,是因为我思想上还没和自己交待清楚。我想佩服更多时候是一种心理作用。她们演示完了,我们手、脚、脸都快冻僵了,鼻涕也流了一堆了,快成一条小溪了吧,很冷很冷,年终岁末,心里有一点点不快。

下午安排外出,我们班接岗我坐岗,共有三个人没外出,我是15:00—18:00的岗,前面两个坐完岗的也请假出去了,剩我在那里一边坐岗一边帮宋参谋出公差,今天天真的很冷……

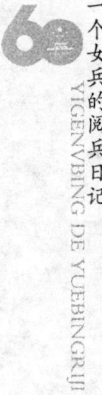

一天连一顿饭堂的饭也没吃到。今天全天是我们班的岗,早上刚去饭堂,队长让我找我们班的蓓蓓(早上的岗),让她把刚刚要送的同志送到招待所而不是军创俱乐部。我连忙放下碗,早饭还一口饭都没放到嘴里。到中午是海浪的岗,11点的时候她要买护腰,让我替她一会。我刚替上,宋参谋就喊:"值班员……"我正出着宋参谋交给的公差就开午饭了……晚上是好好的岗,我们班刚打水回来,她就说教导员让我们出公差去教保楼领衣服去,我们领完衣服回来的时候,所有人已经开完饭回来了。

这一天忙得够呛,以前从来不知道可以这么忙,可以忙得吃不到饭,都不知道今天是2008年的最后一天了,一年过去了,好快啊。不知道2009年会怎么样,2008年的收获有多少?也许因为它不是实物所以我不能具体衡量它,希望来年有更多的收获!

…2009年1月1日　　星期四　晴

2009年的第一天。上午我外出,就和波波、海浪吃了KFC,也许去了北京集中训练就没机会吃了,呜……

中午请嘟嘟、佳夕吃饭,两点的时候我们集合把行李装车。我们中队留了两辆车明天装背包,我们争先恐后地要求出公差去打扫大卡车,车厢里很脏。管不了那么多了,灰尘飞扬,我在其中挥舞——擦车,铺报纸,铺凉席,打扫到15:45时,总算大功告成,略有成就感地带回,16:00方队开会。大会上方队长提了要求,同时奖励了这段时间表现优秀的同志,其中11排面评我和娟娟为奖励对象,和11名骨干一样记嘉奖一次。我心跳得如此厉害,呵呵,我是要证明这一切。

昨天中午打电话给爸爸妈妈,说了很多,因为2号就要离校赴京集训了。Goodbye mother and father. 明天早上就出发了,晚上我们统一交了手机,心里不舍,可还是接受了。也许在心底根本就没抱有太多的奢望,因为这都是我们的预料之中的事。

给家里打电话我没有哭,宿舍里的战友都哭了,我会把眼泪留到成功之后!加油!

···2009年1月2日　　星期五　晴

早上四点钟吹哨起床,听说学校要欢送我们走,五点钟开饭,五点半整装待发,胸戴红花,耳畔是爆竹声和锣鼓声,路灯加礼花映亮了天空。此时方队长下令——出发!

我们迈着整齐的步伐从训练场走出来,一路上烟花绚烂爆竹声声,全体教职员工、学员们都来送行。其中有一个条幅中写着"学习女兵方队,争创再次辉煌,

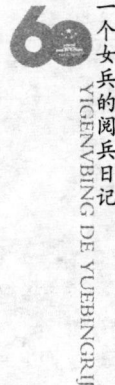

刻苦训练,不怕吃苦,勇往直前!"在这个寒风凛冽的清晨,我看到的是学院对我们的关爱,看到的是战友们的情谊,好多人都哭了,我想不是天太冷也不是风太大,那是情感的流露。

真的伤感,舍不得和我的战友们分开,舍不得离开授予我知识的白求恩军医学院,舍不得栽培我的教员们,很多很多舍不得。我含着眼泪走出白求恩军医学院的校门,上车前最后回头望了一眼我可爱的学校,以前从来都没有觉得她对我有如此深刻的意义,她会这么让我恋恋不舍!再见了,今天我光荣加入了三军女兵方队,明天我会载满荣誉归来。我爱你,白求恩军医学院。

在车中一直昏昏入睡,上午10:50我们到达了良乡集训地点,可我们都不知道这里是什么地方,传言中的地点似乎不在这里,陌生的环境,紧张的心理。分好房间迅速搬完了行李就已经12:10了,饥肠辘辘的我们听到哨音立即行动——开饭。

闻到炊事班里香喷喷的饭菜味,心情放松了许多。我们自己打饭,然后自己刷碗,蛮好。饭菜我们的评价等级是"良好"呵呵,好香呐,大鸡腿、大鸭腿,吃了很多很多的,都撑了……美、美、美啊!

晚上我们开始整理内务,明天有首长来看望我们,"幸福"哦!

一天过去了,进驻北京的第一天!

明天开训!

⋯2009年1月3日　　星期六　晴

今天是进驻北京第一次训练,第一次搞卫生,第一次值班。由于是第一次搞卫生所以难度比较大,战友们都比较卖力;训练场上队长点了我,不是夸奖,是提醒我踏步时脚要抬高。第一天训练就是这样,这样也好,能刺激我更加努力地训练,我以前说过必须天天榜上有名,可今天就没能做到,倒是做到队长嘴上"有名"了。

必须严格要求自己,才能为上排面奠定坚实的基础。

今天我做值日员,首长来看望我们了,训练结束后我就一直在值班,到中午开饭我仍在值班室,她们都去开饭了还没人来接我岗。我舔舔嘴巴,再摸摸咕咕作响的肚子,美美地想着食堂那可口的饭菜,呜……快接我岗,我要吃饭……

晚上疯狂地吃了那么多,一下子吃了三个饼,让别人听了会笑话死我的,可真的是特别特别的饿。下午训练完时,我和娟娟、波波一直在讲平日里最喜爱的零食,都快馋死了,她俩就说晚上开饭也能解馋的,晕……出于对解馋的心理需求,所以我吃了那么

多……又会长几斤肉的,以后再也不贪食了,我可不想做肥妞哦。

⋯2009年1月4日　　星期日　晴

早上训练的时候队长说我的齐步走比前面的队友快了好多,中午我让糖糖看我的齐步,糖糖说我有点腿快臂慢,由于手臂定位,所以比腿慢了。知道了问题的根本所在,我就会在训练中注意这个问题,纠正这个问题,上午训练原地跑步练习队长表扬了我。

今天晚饭后加班出小操了,我和娟娟、波波、海浪一起出小操。天气真冷,北京的天气比石家庄冷好多啊,可我们几个都是除了脸冻得受不了的时候搓搓脸,身上的汗都流开了。嘿嘿,感觉到汗珠从背上滑过颇有成就感,我们边练习边相互纠正。我存在的问题:踏步腿不里合,齐步走左臂后摆不里合,右臂后摆角度不够,而且脑袋晃。

以后我会努力克服,纠正自己的队列动作,今天方队长说了要考核,把各项成绩记在光荣榜上,公开公正,所以动作才是硬道理。加油!

···2009年1月5日　　星期一　晴

　　这几天饭量特别特别的大，炊事班的班长们都快对我无语了，今天去打第二次菜的时候我自己也不好意思了，唉，从明天开始不能再这样了,这样会很丢脸的哦,女孩子的饭量怎么可以这么大？

　　晚饭后，炊事班让我们班出公差去搬苹果，回去每人发一个，哇噻，一听这个消息我们班都快激动死了。在搬回来的路上队里其他班的人看到苹果就惊呼，一路围攻着我们回来，极尽夸张之能事。为了让大家平静,我们故意说这是明天领导开会摆的,别激动了。呜呼,迎来的又是另一种场景,大伙儿垂着脑袋,不欢地散去。要知道在这个完全封闭的地方，我们多么渴望可以吃到一口饭菜以外的食物啊！闹钟姐姐来句让我笑晕了的话:"别叫了,别看了,苹果都被吓着了,苹果胆小，一吓就脸红……"搬回来之后，值班员吹哨通知各班来三个人领苹果，几秒钟值班室围了个水泄不通，场面不亚于菜市场的早市，这可是进京以来第一次吃苹果呐，原谅我们这么没出息吧。

　　这几天我一直不敢想家，不敢想爸爸、妈妈，我怕自己心里难受不能安心训练，可我真的想能给家里打个电话，或者写封信也可以，给家里报个平安，爸爸妈

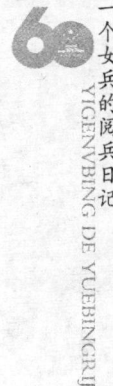

妈肯定都着急死了。可是没办法,在这里就必须服从,只有服从。不能和家里联系那我就在这里给爸爸妈妈说一声:"爸爸妈妈我很好,别为我担心,有机会一定打电话给你们,放心!"

快过春节了,每逢佳节倍思亲!

今天是小寒,标志着进入了一年中最寒冷的日子。天气变冷了,以后会一天比一天冷的,爸妈你们多注意身体,和我战斗在这里的战友们也一定要保重身体哦。

···2009年1月6日　　星期二　晴

明天总后领导来看望我们,今天没有训练,组织我们打扫卫生。标准是:一尘不染,达到预想不到的标准。听到这样的要求,我们心里不由地紧张起来了,宿舍门上面的胶是用指甲一点一点刮的,地板是我们跪在地上一块一块地擦出来的。我们中队单独住在东边的这栋四层楼上,所有的卫生都归我们中队管,不像一、二中队只打扫本中队的卫生,唉,命苦。上午我们中队召开了小型会议,解释并且解决了我们最关心的洗澡问题,哈哈,领导说过几天就可以了,还说:关于暖气不热,大家也都在极力地解决;通信问题,马上给我们地址,可以邮寄东西;电话通讯问题,上级会尽快解决;嗯……听到这些话心里还算是有点安慰了,虽然没有立即实现,但总是有了希望。

今天我们称体重了,我增加了4斤,哇,吓死人了,再这么下去就成肥猪喽。前几天就说不能再这么疯狂地吃了,看看这结果!不过申明一下,今天称体重是在我吃了很多的晚饭后称的,而且我们都穿着棉鞋,穿着巨多的衣服,于是乎我自己安慰自己说这个时候称得不准……

昨天就感觉不太舒服,我跟波波说:"我有预感,我感觉自己快生病了。"结果今天就感冒了。开始头痛,昨天一晚上嗓子疼死了,半夜起来还喝了一杯水,上午到高医生那里开了点药,刚吃了一次了,也不知道管不管用。现在班里的"可爱多"们(这是我偷偷对她们的爱称)都去"打水"了,那是我们新发现的宝地,我生病就没去,虽然我也很想很想去,那么就明天去好啦!这几天也不知道是什么原因,眼睛又多了一折,变成三折眼了,虽然有点不舒服但似乎漂亮了很多。希望自己快点好起来,千万不能影响到训练,以后一定要多爱护自己。病了身边没人,孤单的一个人,坐在这里写日记。

··· 2009年1月7日　　星期三　晴

今天召开了开训动员大会,总后首长亲切慰问我们,做了开训动员,各位首长均从不同的方面做出了重

要指示。

通过开训动员,更加明确了自己的目标,更加认清了参加建国60周年国庆阅兵的重大意义,这是军队、国家赋予我的重大责任,能成为三军女兵方队509名队员中的一员是我最大的光荣。可光荣、自豪、骄傲的背后必须刻苦训练,才能换来精品成果回报祖国。我决心高举旗帜,听党指挥,不辱使命,不负重托,顽强拼搏,甘愿牺牲,自觉奉献,以一流的成绩、一流的作风纪律在建国60周年国庆阅兵中送给祖国、送给军旗最美最珍贵的礼物。以前写什么思想汇报总把那么空洞的责任感、使命感都附加上,现在我竟那么深刻地领悟到了什么是责任和使命。当一名军人,一名三军女兵方队队员,是我一生最崇高的事。

感谢总后首长对我们的关怀,他们不仅指出了训练中的要求,还提出在生活中必须要保证我们的身体健康,要根据不同的季节制定不同的训练、生活制度……

心中的感动、感激到国庆那一天回报。祖国,伟大的母亲,等到国庆回报您!

…2009年1月8日　　星期四　晴－多云－阴

今天似乎是我记忆中最寒冷的一天,方队长——

介绍了眼前的这 15 个高大、威猛、严肃的教练,他们都来自三军仪仗队,敬仰已久啊！几分钟后教练员们就分到了各排面。今天的天气似乎比山西老家的冬天还要冷,可谓是寒风刺骨啊。说实话前几天总教练来了我并没有太大的感受,可教练员分到了排面中就完全不一样了,训练成了我想象不到的样子。

早上出早操,8 点又出操,11:45 收操,下午 13:30 开训,17:30 收操,19:00 看新闻,19:30 训练,21:00 收操。一天的训练强度,有点出乎我的意料,教练员都特别认真,那种敬业精神甚至让我感动,心里则有很大很大的畏惧感,我想自己会试着好起来,会成熟起来。

我认为人一生当中这些"苦"的日子过了,剩下的就全部是甜了,所以加油吧,敏儿你一定行,加油！无论多大的困难你都没怕过的,有 508 名姐妹一起陪着你,大家都在一起努力呢！你也要加油,走过来了一切就都好了。

┈2009 年 1 月 9 日　　星期五　晴

"三九"的天气真的是一天比一天冷,昨天的训练生活就这样的重复着,刚刚才一天我就找不到能开心的理由了,找不到那种激情了。昨天一整天教练还说我的军姿挺好的,可自从昨天晚上室内训练开始说我胯

歪头不正之后,我就怎么也站不好了。今天上午还一直夸我的眼神,下午又说我使皱劲儿了,用力不当。唉,怎么这样啊,动作一纠正这就全完了,不过我想慢慢能好起来的。

中午收操时,总教练在每个排面点了三名军姿优秀的队员,有我熟悉的晓琪、丹丹、蓉蓉、玉艳,但是没有我,心里有那么点失落。感冒还在进行中,一天比一天严重。今天刷了三顿饭的盘子,真是什么时候做什么角色,丰富地体验生活。下午我们全方队进行了单排面会操,心里一直在默默念叨:"你这个迷糊蛋,可千万别打点儿冒泡!"心里最担心自己的腰带出状况,可偏偏场上腰带出了问题了,唉嗨,解不下来了,当时真的脑袋都大了,全排所有的姐妹们都已经把腰带拿在了手里,等教练下"放"的口令。我急出一身汗,都不敢抬头看教练,我怕他的目光杀死我,但没有想到最后总教练为我说了一句解围的话:"好、好,解不下来好啊!解不下来证明腰带系得太紧了啊,这就是严要求。"当时我多么感谢总教练啊,但还是很内疚……"对不起,教练!"

一天又过去了,明天来临的将是什么?

迎接!

...2009年1月10日　　　星期六　晴

今天训练的主要科目是转法，这可是我一直以来最不自信的动作，所以每次都小心翼翼地做。教练挑了9名作停止间转法优秀的战友示范，我闭上眼睛都知道也不会有我，我要加油喽，每天榜上有名！

晚上是来这里的第一次洗澡。当听到能去洗澡了，顿时炸开了锅，我们带队到营区几百米外的澡堂，拥挤不堪，哇，身上的泥儿可以熬一锅紫米粥了，呵呵，每个人都感觉像几十年没洗澡了，回来后又勤快地把这些日子的脏衣服都洗了，腰是快累断了。晚上点名时通知明天休息一天，而后在方队领导的厚爱中我们学习了保密条令，写了保证书，然后发了久违的手机，哈……太高兴了！晚上躺在干净温暖的被窝里甜美极了，幸福原来如此简单。

...2009年1月11日　　　星期日　晴

今天上午休息了一上午，心情真的太好了，明天开训了，带着好心情开训！

晚饭后，听到阵阵的口号声，不过不像平时训练场上那么雄厚。我走到窗前，夜色里，操场上三三两两的

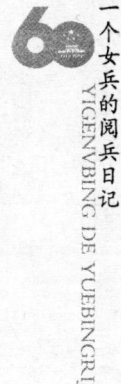

队员在出小操,过半个小时或二十分钟她们就用手搓搓冻得通红的小脸和耳朵。这就是我们女兵方队的夜。夜风凛冽,但她们如寒冬的腊梅,悄然而热烈地绽放着。

是的,我们只为了自己心中那个神圣的十月一日;为了那一刻,付出再多都值得!

从组织交给我这次任务的那一刻,我就坚决地说了一声:"我去!"组织信任我挑选我去参加此次重大受阅任务,我倍感骄傲,相信无论以后有多大的困难,我都能坚持下去,发挥自己最高的水平,完成受阅任务,为自己人生经历加上一笔宝贵的财富。

也许人的意志、潜力真的是那么不可估量的,以前我从来没有想过自己能承受这样的生活,在我心目中一直觉得自己是那么软弱,往往遇到一点点困难都会哭。今天第一次被"用刑"了,别别针了,教练说我脖子歪,别着别针头顶帽子一动都不敢动地站立,别针把我的脖子扎红扎淤了,眼泪在眼眶里打转,我努力告诉自己泪不能轻易流出来,我知道我只向坚强迈出了第一小步,为了训练出一流的成绩,以后类似这样的事会很多。第一,我必须努力做好,不让教练挑到毛病;第二,挑到毛病及时纠正,课后多练习加以改正;第三,自己多做自己的心理工作,放下思想的压力和包袱。教练给你加附加器材是为了帮助克服你自己克服不了的弱点。

人,必须要有恒心、有毅力。同样吃苦同样受累,为什么不争第一呢?别想着我就这样了,每个人都能超越自我战胜自我,就看你自己的心态怎么样。

战友们,我们一起努力!

夜深了,我的心绪静静流淌。一天的欢乐、烦恼、疲惫都统统地散在我慵懒的温床上。

打开手电筒,掀开自己的一页,静静地聆听着窗外的声音。白天里的一幕幕开始回放,早晨,每天都是新的;故事,每天都在发生;心境,每天都会变化;生活,每天都值得细细品味。一天的批评、表扬、快乐、忧伤都在我的心里,然后,我会合上那一页,微笑地对自己说,明天还需要你更加努力。

⋯2009 年 1 月 12 日   星期一 晴

今天利用几乎一天的时间重新编队,早上我们都在活动室等待着"宣判",每个人都在猜测着自己将会分到哪个中队,以及这次分队是按什么标准分的。当听到我原来的教练陈教练读到我的名字时,我才舒了一口气,原以为自己可以安心一点了,可是心里还是七上八下的感觉⋯⋯

离开了喜欢我的队长,离开了喜欢的班级,离开了

熟悉的教练……一切的一切都从头开始。心里乱极了，可是，这是现实。

上午的最后一次小排面调整，凭借着我挺拔的军姿、外在的形象以及训练态度等等，我当上了基准兵。下午13:45集合后更严格的确定框架兵和排面，最终我成了8排面基准兵。接下来，分班分区队分床……没有一样是我顺心的，我讨厌住上铺……

困了，有时间再写吧。

⋯2009年1月13日　　　星期二　晴

早上开始了3公里跑步训练，好久没有跑了，跑下来嗓子像撕裂了一样痛，快喷火了，气都喘不过来，好在是集体带队跑，要不我今天就惨了。上午开始了齐步的训练，开始了齐步摆臂拉线练习，看样子这并不是我最害怕的队列动作。从今天一天的训练来看我还有那么一点点的自信，很高兴听到教练对我的表扬，我只想说在你最困难的时候，也就是离成功最近的时候。呵呵，我最喜欢自己认真做事的时候，超自信的我。

回到了学员队老队长的身边，感觉也踏实了很多，可似乎又不像以前在学校时那样了。可见到队长依然还是那么亲切，像亲人，她是我在这里最亲的人了！

昨天晚上我们方队全体队员开会，在礼堂里整齐的坐下、起立让我都震撼了,最让我感动的就是常方队长7号那天的一篇日记。上到方队首长,下到工勤人员,每个人身上都有那么多的闪光点,每位陪伴在我们身边的人都在默默地奉献,无怨无悔。三位中队女干部的小孩都未满5岁,但她们义无反顾地放下家放下孩子陪我们一起奋战在训练场上,后勤人员也都默默无闻地贡献着自己的一切,做着无名英雄。

感谢在我们身边默默奉献的人。人要时刻怀着一颗感恩的心,就会觉得生活越来越幸福。学会感恩,学会满足,让快乐开满生命的花篮。

···2009年1月14日　　　星期三　晴

今天下午开始齐步的腿部练习。晚上楠楠跟我说,我的腿部练习不是那么好,突然有点担心了,于是我就去办公室里找队长请教,队长可是1999年建国50周年国庆首都阅兵时的精英。队长耐心地给我讲解动作,教我如何去练习蹬脚跟翘脚尖。加紧训练,必须优秀!

今天熊问我:"为什么你每天都会受到表扬啊?怎么做得那么好?为什么每个教练都夸你?……"听了我心里美美的,付出总会有回报,加油哦,把齐步的腿部动作要做好!

今天给妈妈打电话了,我很乐观的,告诉爸爸妈妈

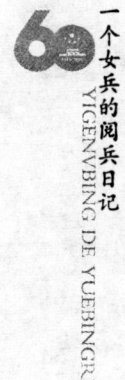

我在这里一切都好,不想让他们为我担心。爸爸妈妈非常疼爱我,我怕他们听到了这些苦和累会心里难受。

不知自己哪来的毅力,哪来的坚强,真的好高兴自己长大了一点。我为自己骄傲,宝贝,加油吧,爸爸妈妈一定会为你自豪,等到今年十月一日的时候,回报所有关心关爱你的人。加油,你永远是最棒的!

···2009 年 1 月 15 日　　　　星期四　晴

为自己开启一扇旋转门,
拥有的也许只是一种心灵的安静,
夜的宁静为自己创造了一片净土,
生活在这个充满生气的乐园里,我们一起成长、一起进步、一起走过风风雨雨,
也许每一步的 75 公分能成为我们以后人生中最稳健的步幅。

···2009 年 1 月 16 日　　　　星期五　晴—阴

天气不是那么晴朗,昨天的齐步腿部训练吃了夹生饭,今天臂腿结合就不是那么的顺利了。也许是心里太着急了,一身一身地冒汗,我害怕自己学不会学不好。

中午我没休息,听了队长教的动作练习方法,脚跟蹬在楼梯的台阶上使劲向上翻。心里很不踏实,我时刻都在想着作为排头兵的责任,我必须做好,做不好就意味着整个排面都会乱七八糟。每次休息时,排面中间和后面的部分战友就会说我应该怎么怎么带步子,要不她们就合不了步子,教练也一直在提醒我排头兵的重要性,自己心理压力挺大的,真的想可以走好每一步。

┈2009 年 1 月 17 日　　　星期六　晴

今天白求恩军医学院赵政委来看我们了,他激情地鼓励我们一定要为自己的梦想去努力拼搏。

第一,为国争光;

第二,为家乡添彩;

第三,为自己争气。

从这三句话中感受到了赵政委对我们的深深期盼和殷切期望。人的一生当中能有多少这样拼搏的机会?机会是留给有准备的人的,但机会不会给你时间去准备。冬练三九,夏练三伏,我们已经坚强地走过三九,那么相信三伏天我们一样可以勇敢面对。

这几天齐步练习让我心里有点慌,必须加小操了,要不这个标兵……

我知道教练很器重排头兵,所以我要给教练争气,

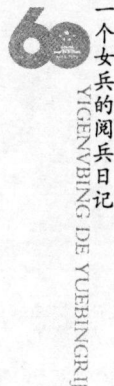

当好排头兵,做好自己的标兵。

···2009 年 1 月 18 日　　　　星期日　晴

今天是农历腊月二十三,中国传统的节日——小年。阳光明媚,太阳懒懒地撒在我的床上,很放松。小年的饺子我没有去包,我不会擀皮子,也不会包,所以大家一致不同意我去,因为大家都想速度快点,早去早回,回来补觉。

下午收假了,我们八排面集体出了小操。教练员不辞辛苦地指导我们训练,从训练齐步以来我一直都没有自信,总感觉自己不那么优秀。

明天让妈妈给我把绒衣绒裤寄过来,感觉自己的腿有点快要长冻疮的迹象了。手机又上交了,下周要单个军人队列考核,必须加油了!

···2009 年 1 月 19 日　　　　星期一　晴

周一了,新的开始。从听说《受阅之声》组建以来我就特别想加入这个光荣的组织,可原来在三中队的时候一直都不知道怎么加入,跟班长、排长说了很多次了,今天终于同意让我试音了。由于我声音比较柔,所以让我广播煽情的日记版。恰巧今天广播有我的日记上报,我就广播了自己的日记,不知道效果怎么样,也不知道张干事会不会同意让我加入,只能说但愿吧。今天一天胃都不舒服,上午灼痛感让我的胃在训练中煎熬着,下午又胀气……一天三顿饭加起来都没吃了一个馒头,可我还是坚持着训练了。唉,怎么这么命苦啊。从开训在8排面以来,教练口中的标兵永远都是我,可每天排面长上报的是谁我就不清楚了,心里有一种感觉,觉得她不喜欢我,我不想知道是什么原因。也许是第一天进205室时我不愿意住上铺,我跟她说我想住下铺,当时很讨厌她这样利用手中的权力分这个分那个。可我是老兵,必须带头服从。以后的日子里,领导对基准兵的器重,教练对我的夸奖……我知道她心里不爽,也许这就叫做嫉妒,我不知道怎么赢得她对我的好评,也许我还做得不够好,希望自己可以更好,来赢得更多人的认可。

今天一天胃不舒服,齐步立定也不好,心里疙疙瘩瘩的……第一次绑沙袋训练,两斤重的沙袋,刚开始绑着站军姿还没什么感觉,后来齐步行进间训练时突然感觉腿和脚怎么都不听使唤,好像有千斤重怎么也迈不动,不管怎么使劲脚掌都翻不起来,身上直冒汗。以后天天都要绑着沙袋了,训练绑、跑步绑、日常生活也要绑,不过对于我这种腿部力量薄弱的人来说未必不是一件好事,只是腿沉得要命,动作僵硬得

像个机器人。

⋯2009年1月20日　　星期二　晴

今天是一年二十四个节气中的最后一个节气——大寒。早上第一次绑着沙袋进行3公里跑，是啊，的确觉得腿有千斤重，跑最后一圈，我真的觉得坚持不住了……气也喘不过来，嗓子里、胸腔里也都着火了。

上午在训练场上齐步自行体会时，看到老远的地方（大概是三中队宿舍楼方向的样子）冒起了滚滚浓烟，很多战友呼喊着："着火了，着火了……"领导一声令下，所有的战友呼呼地奔向宿舍拿灭火器、拿脸盆端水去救火。原来是三中队的小食堂着火了，我们人多力量大，十几分钟就把大火扑灭了……这就是我们三军女兵的凝聚力和战斗力。超赞！

今天背起了第二件"刑具"——T型板，我们互相用背包绳把T型板紧紧地绑到背上。背着T型板齐步行进时重心可以较容易前移，而且可以帮助我们腰杆当家两肩后张，但是同时会感到两侧的肩胛骨和脊椎被卡得好痛，说实话绑一会儿还可以忍受，可是整整绑一天就相当煎熬了。晚上收操后终于卸下了T型板，如释重负，一天下来是腰酸背痛，可是值得欣慰的是我的腰很容易就能挺起来了。

寒冬腊月背着T型板训练

敏儿同志今天也成为《受阅之声》的一员，教练听了我的播音开玩笑说我的声音像小绵羊。呵呵，自己都觉得自己声音好柔，所以只适合播那些细腻的抒情文章，我读的文字体现不出那种铿锵有力的感觉。好喜欢我们的栏目，我会努力做得更好。下午民政部来慰问驻地部队，我们方队去参加了。可从会议开始到结束都没有提及我们方队一字一句，郁闷得要命！唉，欣慰的是总后给我们备了年货。超市入驻了，心里乐开了花。

……2009年1月21日　　星期三　晴

"今天下午单个军人队列考核。"

听到这个消息队友们顿时炸开了锅,都在议论着什么,因为快春节了有很多首长要来慰问我们,所以考核也不得不提前了。

上午的苦练加下午一个小时的训练,接着就迎来考核了。一入场于政委举着相机,女兵方队王总教练站在门口,五个教练考核一个队员,我进去的时候只剩七排面的两名队员就该轮到我了。在我还没来得及充分做好准备的时候就点到了八排面"段学敏",我抖擞精神上了场,只有一个想法——用平常心面对,别紧张。教练员大约给了我10秒钟的时间调整军姿,而后其中一个教练员径直拿着量角器测量我脚的角度,接着五个教练外加总教练就开始了他们的评分,心里还是很紧张,手心里的汗让我的手怎么都不听话,结果一名教练员用教鞭动我的右手小拇指,示意我未贴裤缝线,可能扣分了。

"稍息!"

我的精力不太集中,出脚不太准确(自己感觉)。

"立正!"

"稍息!"

"立正!"

嗯,这两动作做完之后到了我的弱项——转法,心里说只要平常水平就OK了,过程当中听教练小声议论着什么,考核完毕后退场时,三排面教练员叫我:"以后做向后转这样转……"接着示范给我看,我大声地答:"是!"

回到宿舍,战友们都在议论考核的事情,除了紧张以外我自我感觉良好,呵呵,又太自信了吧,哦,保佑一切都好!

⋯2009年1月22日　　星期四　晴—大风

昨天晚上的疲劳卫生战,让我们都筋疲力尽了,每个不为人知的角落都被我们打扫得一尘不染,那是相当"无菌"呐!今天空军司令如期而至,选我站迎宾哨,只要求空军战士参加会议,而且空军的战士每人得到一份春节慰问品,我们可怜巴巴的什么也没有。敬爱的廖部长如期而至,我们迎宾哨不允许戴手套,站在门外,六七级的西风呼呼地刮着,我的眼泪哗哗地流着。今天的风异常大,天气异常冷,队友们绑着沙袋背着T型板在狂风肆虐的训练场上奋力作战,大风呼啸着,眼泪和鼻涕一起流着,可我们训练的气势压倒一切,看到我们的训练场景,廖部长热泪盈眶,决定发给我们每人

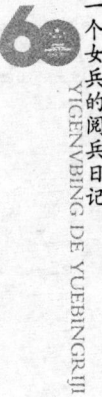

300元的过节费,每人配发一件毛衣……

这种关爱让我们动力十足,干劲十足,有这样好的领导在,我们付出再多也心甘情愿。祖国需要我的那一刻我将是最积极的那一个,我将冲在最前线,生为祖国,一切都将为祖国奉献。眼泪是滚热的,流淌在脸上却是冰,这样讲一点也不夸张。但心里是滚烫的。

下午训练的时候我们排有好几个战友带病训练,最后实在坚持不住就打报告休息了,看着教练伤感的表情我们每个人心里都不是滋味。作为教练,眼看着队员一天天的减少,一天天的训练进度跟不上,拖后腿的一个又一个,能不着急吗?每名队员都知道教练的心思,都写了一段对教练的话,晚上我播音的时候播给了教练,教练听了满脸的感动和愧疚!

成为广播站的一员,也就成为文艺骨干中的一分子,好高兴。

2009年1月23日　　星期五　晴

由于天气太冷我们全部改为了室内训练,我知道方队领导都在极力给我们创造最好的条件,怕我们身体上受不了,真的特别感动。

今天我和排面长一起出公差,把我们八排的所有编号牌都装好了。当看到"☆建国60三军女兵方队"的胸牌,心里特别兴奋,我找到了自己的编号,"0801 段学敏"亲手把它装好,端端正正地放在桌上。它不是一个简简单单的编号牌,而是落在我肩上的一种责任、一种使命。这是组队后我的第一个编号,而且我希望这个编号可以一直是我的。

今天是授标兵的日子,第一个宣布的是军姿标兵——王颖,不是我也很正常,我的军姿的确不正,不是那么优秀,可我也明白排面长的意见也在其中。第二个宣布的是纪律标兵——段学敏,可我心里仍在想着我的军姿,因为那是我的目标。一共宣布了四个标兵,剩下的是教养一致标兵,给了排面长,勤奋标兵是尚秋含……

今天我更加真切地觉得自己是方队一员了,可身在其中真的也没感觉到自己有多了不起,从今天起又比以前更正式了,加油,不论室内训练还是室外训练都必须加油,必须努力,不能辜负我的标兵称号。

…2009 年 1 月 24 日　　　星期六　晴

假前最后一上午的训练了,我似乎心不在焉,很多人也类似于我这样子吧。上午还用洗衣机"大显身手"了一次,把所有衣服都洗了,我最喜欢自己干干净净的时候了,心情也好。下午正洗军装的时候张干事通知我

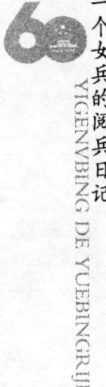

去礼堂准备彩排节目,都快郁闷死了,洗衣机是我排队等了三个小时才轮到的,我头都快大了,无奈之下,只能去了,谁让自己是文艺小分队成员呢?晚上从礼堂回来时我们宿舍已经布置得年味十足了。呵呵,让我高兴的是战友们都在等我写春联呢,词儿也已经有了,就候着我出手呢。其实说心里话,练了五年的书法,很久不用现在也手生得很,不知道能写出什么水平来,我战战兢兢地在报纸上练了几下,开始挥笔。春联的内容是:

"独占鳌头看我三军众女兵,问鼎逐鹿敢问何人女巾帼"

写完之后自我欣赏了一番,觉得还挺美的,呵呵,后天就是春节了,可似乎与以往的春节有那么多那么多的不一样!

···2009年1月25日　　　星期日　晴

大年三十了。

昨天晚上发了我等待已久的手机,玩到挺晚了,反正今天放假,无所谓了。可偏偏今天海司来慰问海军的十五六个战士,又是我值迎宾哨。大早上我们又打扫公共卫生又收拾室内卫生的,7:40我准备去值岗,年三十也能这样啊?好在只站了一小会儿,随后我的工作又是去礼堂。

午饭后是我们盼望已久的包饺子活动,对于我这种既不会包又不会擀皮更不会揉面的人来说简直就是一种负担。我们五个人一桌,要包四大盘,估计一盘能盛50个吧。哦,我必须学点什么了。先从擀皮儿开始,我擀的皮子没人愿意包,都说难度太大要不得,但还是凑合着全用了。到接近尾声时候我的皮儿可是越擀越好,边上薄中间厚而且像圆规画出来的一样圆,信心十足也……没有什么难的,只有自己不去做的事,没有做不了的事……

19:00 我们在楼下看烟花,放孔明灯,我们都依偎在队长身边,我想爸爸、妈妈、妹妹了,眼泪不由自主地滴落在队长肩膀上,现在在我心里队长就是最亲的亲人,每次去她宿舍她都会把好吃的东西使个眼色给我吃,你知道那个时候有多感动吗!此时,我知道她一定也特别想家想她的家人和孩子,别的领导家人都来了,只有她的家人没有来,因为队长的爱人春节期间一直值班,真的很不容易啊。很敬佩她,以后我也要做和她一样的女强人……

春节之际祝我的所有家人、朋友、战友、同学身体健康,万事如意,步步高升,方方面面出成就,合家欢乐幸福,新的一年同样希望自己身心健康,越来越成熟,能取得更优异的成绩,能博得更多的认可,学得更聪明……

加油吧,新年新气象,新年新收获。

多一份耕耘多一份收获。

⋯2009 年 1 月 26 日　　　　星期一　晴

早上 7:40 才吹起床哨,睡得好香甜啊!今天心情也特别好,上午总后一位少将来看我们,每次的迎宾哨真的是非我莫属了,头晕呐,这可真是个"好差事",大家都休息……上午我连《美丽女兵行动》化妆比赛也参加不了,一直值岗到 12:10 吹了午饭哨才下岗,我还没到饭堂,张干事开始叫我去礼堂负责下午的晚会,说白了是个跑腿的嘛,协调各个节目的,我就台下台上地跑,汗顺着脸颊流呐,比训练还累,一天下来人都瘫了……

大年初一,这么过……

⋯2009 年 1 月 27 日　　　　星期二　晴

今天一天没有组织集体活动,二姨、表妹、姥姥一起都来看我来了,买了好多东西,聊到我们训练,家里人心疼极了,二姨都哭了。呵呵,其实真的没什么,习惯了这一切就觉得像平常事一样。家人来看的感觉好幸福,好高兴……

一切都在不言中!

···2009年1月28日　　　星期三　晴

训练了这么久，突然过得这么舒服觉得都不适应了，其实，我们队员最大的心愿就是睡觉，这个愿望终于可以实现了，可睡觉的人又没几个，都找着平常不能做而现在放开制度可以做的事。我呢，没什么大志向也没什么大事业，所以懒在床上就觉得已经很幸福了。

仁慈的队干部也没有给我们安排更多的业余活动，真是感激不尽呐。幸福的生活总是觉得过得很快。一天结束了，妈妈打电话说想来看看我，可我很坚决地说别来，害怕妈妈来我会又娇气起来，会坚持不下去。我怕妈妈看见我现在的样子流泪，也怕自己发"洪水"……

···2009年1月29日　　　星期四　晴

原以为今天最后一天休息了，还可以放松地玩一天，可大早上就全中队集合去操场搞什么运动比赛，搞了一个小时，我还赢得了一个手机链，猜了一个谜："干活躺着，休息时站着……"我的脑袋飞速运转——猜着了：扁担。活动结束刚回来，中队就通知午饭后收假，大家这几天玩得脑子还有点晕，有点反应不过来。教导员

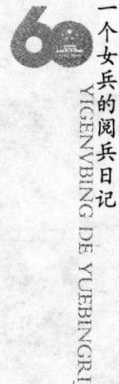

说我们可以看会儿碟,我刚到办公室借来碟还没等播放呢,又来通知了,现在整理室内外卫生,中午开饭前内务到位,啊……希望破灭了,舒服日子这么快就到头了。其实人就是这么贪婪,给多少幸福都觉得少!

下午按时起床,14:00 我们绑上沙袋背起 T 型板,开始了久违的队列训练。整整五天没有训练了,身体都软了,也散了,而且大家都还沉浸在假日的喜悦中,突然开始了训练的日子有那么点懊恼与不适,可经过教练的调节,没几分钟我们每个人的训练热情就高涨起来了。

明天将要开始新的训练科目了,必须努力,必须加油了,既然做了排头兵就必须担得起这份责任,必须做到最好,必须严格要求自己。我是一个特别要强的人,为了不使自己受挫就必须很优秀。我明白受阅路上肯定不会如自己想象得那么轻松,以后的路一定会更艰难,所以无论怎么样都必须有巨大限度的、甚至是无限度的忍耐力。加油吧,来时,你兴冲冲地来了,也信誓旦旦地宣誓了,那么做好是你应该的,如果做不好就是你的问题了。

不怕苦、不怕累,向前、向前、向前!

我们的正步让尘土飞扬

···2009年1月30日　　　星期五　阴一晴

今天开始了正步的训练。由于从来没学过正步,所以我对它几乎没感觉。方队总教练明确地说,学习正步要吃大苦耐大劳。上午基本是慢动作练习,下午加大了力度,开始了力度和速度的训练,摆臂摆得我快哭了,耳朵听得见从队列里发出的阵阵呻吟,真想把两只胳膊摆掉算了,就不用再摆了。我真的特别认真特别用心了,可教练对我仍不满意,我心里挺不高兴,估计自己又是自我感觉良好……回到班里,标兵队友说我摆臂

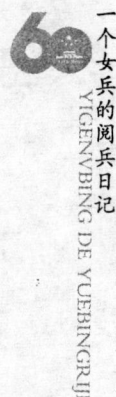

就像是在跳舞一样,她们说我是排面里面最没力度的一个……听了这样的话,心里阵阵酸楚,这么烂的成绩还自我感觉良好呢!怎么对得起哑着嗓子喊口令的教练?可我知道自己天生就软,就连性情当中也缺乏一种刚毅,可我真的真的在努力了,也真的真的用心了,怎么才能做到别人的那种力度呢?头疼呐。教练说本周内总教练计划是每人瘦5斤,天呐……

加油,一个字——"干!"

我的标兵还得要,我要天天榜上有名,再苦再累也不怕,只要我坚持,只要我肯吃苦,只要我有信念,一切都不是问题!

…2009年1月31日　　　星期六　晴

经过昨天一天的努力,今天上午的摆臂训练有点起色,觉得有点力度有那么点速度了。刚练了一会儿就开始了正步的腿部训练,提胯,踢腿,出腿压脚尖绷脚面,收腿翻脚掌,我对自己这几项训练不太满意。我也知道自己干这种力气活是不太有优势的,我更知道自己必须努力训练。每踢一动汗水就会顺着前胸后背往下淌,帽子更是湿了又干干了又湿,连外腰带上也全是汗……我知道这还只是艰苦的开始,汗水只代表了我的训练态度……浑身的疼痛也阻止不了我的训练热情。

　　我有训练热情但我不知道自己的力度在哪里,我需要一种爆发力,缺乏教练口中所说的狠劲儿,我正在努力地寻找着自己的突破点,加油!

　　我跪着把双脚压在屁股下面,一点一点地轻轻地躺下,生疼……拉开被子,忍着疼痛咬着嘴唇对自己说了一句"晚安",明天再加油!

⋯2009 年 2 月 1 日　　星期日　晴

　　周末了,我们没有休息,因为每个人都清楚训练是件多么紧迫的事情,耽误不得,大家连一句怨言也没有,看着衣服上的朵朵碱花我们笑了,这是我们的成就。我们激情澎湃、斗志昂扬地走上训练场。

　　也许我已经陶醉于这直线加方块的世界,已习惯了教练员震耳的口令声,今天下午坐岗所以没去训练,坐在那里双腿就忽然觉得不自在了,也许真如教练说的,现在你们训练觉得苦、累,以后哪天不练了你会不适应的……呵呵,原来真的是这样啊。

　　做队列动作我缺少的是力度,心里干着急,但不知道该怎么找到突破口。

　　心急!

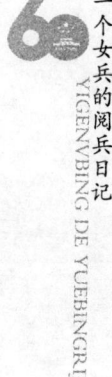

···2009年2月2日　　星期一　晴

　　正步开始了一步两动的练习,为了加强腿部训练,上午、下午开始训练前,我们先活动身体,做往返跑,鸭子赶步,蛙跳。对我来说,这一切都是不小的挑战。今天训练选示范标兵,教练把我也选出去了,可我心里没底,因为第一次接触,而且自我感觉也不良好。这几天来教练没表扬过我,我心里明白,自己做得不够好,作为"0801"我必须优秀才能有资格立足于这个位置。脚肿了,膝盖剧痛,腹股沟疼,臂酸……这些都不是困难,汗水顺着身体流淌也都不足挂齿,我不会低头,努力向前冲!

　　训练是辛苦的,来这里一个月了,今天似乎最累。一上午的摆臂练习让我的心特别浮躁,教练下向右看齐的口令时,我回头看了看距自己基准兵的位置还有两格的距离,于是就跨步走到了自己的白三角位置,可后面的有六七名队员都在那里特别不情愿地挪动步子还在嘟囔着什么,302室的班长说了特别难听的话,当时气得我直打哆嗦,过了几分钟中途休息,排面长说:"排头,以后向右看齐就近原则看齐,要不后面30个人跟着你来回甩。"

　　当时我也特别火:"我找我的位置,谁要觉得不对找教练说去。"结果排面长找教练了,教练让我们成马蹄形集合,他讲:"排头排尾要相互理解,我们是一个集体必须团结……"我觉得挺委屈的,又累心里又憋屈就哭了,其实根本就不是什么大事,以后我必须要以一颗平常心面对训练、生活,要宽容友爱地对待周围的每一个人。教练,以后别搞那么煽情的场面了,这可是来方队第一次掉眼泪……

平常心面对生活。

…2009 年 2 月 3 日　　星期二　晴

这几天训练,我们排面的整体水平还是可观的。下午二中队 5 个排面进行了小会操,可我们排面发挥失常,没有达到预期的水平和效果。女兵方队王总教练在表扬时提到了 6、9、10 排,收操时队长又表扬了 6、7、9、10 排,唯独没有 8 排,我们每个人心里都不爽。会操之后教练说:"大家已经做得很好了,以后继续加油,下次发挥好就行了。"但我看得出他心里比谁都难受。

晚上是室内训练,可总有那么几个义务兵同志不那么努力,拖后腿,教练就讲了很多自己在仪仗队的事……他讲的很感人,也让我对仪仗兵有了更多的敬仰。其实那些上进的努力的好同志都知道他的良苦用心,都知道教练的不容易,一位年轻的同志可以做到这

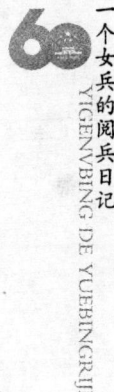

样真的特别敬佩他了……

教练,我们一起加油,把 8 排面做到最好,最优秀,每次都拿第一!您也别有压力,我们一定可以更好!

⋯2009 年 2 月 4 日　　星期三　晴

这两天心急死了,正步训练让我越来越困惑了,心里没底儿,存在的毛病也不知道有什么好方法可以改……天性软,愁人呐……,梦里我都在踢腿、摆臂,大声答道"到"、"是",一脚踢在了床杆上——醒了!

⋯2009 年 2 月 5 日　　星期四　晴

今天一天的训练,教练对我显然不满意,他说看见我没有一点训练的激情,所以让我去陈教练那儿当了交换队员。一开始让我去 10 排,徐教练说不需要交换队员,我又灰头土脸地去了 6 排,在 6 排训练了一上午,下午我回了 8 排,刚做了几十动原地踢腿摆臂后,张教练说:"你走吧,去 6 排去。"我一听心里毛躁起来,哼,我是你排的队员,凭什么老要去别的排训练!

"我不去。"

"你去吧,让他练练你,在我这里我是练不出你的动作了……"

我很伤心地看了他一眼,沮丧地走了。练了一个课时,后一个课时我申请回了自己的排面,我问教练:"为什么老让我去6排训练啊?"

他说:"跟我训练你没一点激情,陈教练可以练练你,让你找找训练激情⋯⋯"

其实我认为在哪训练出激情很大一部分原因来源于教练⋯⋯根本就不是我的原因。这几天一直很不爽。

我开始怕自己会讨厌训练。

所以我必须调整好自己的情绪,好好训练,这几天穿着新作战靴硌脚硌得厉害,所以心情也糟透了,根本就不想好好训练,感觉很苦很累,端腿更是让我闹心,踢腿速度慢得让我头疼,恶心的收腿动作让我晕倒⋯⋯

一切都砸了,烦!

训练生活好辛苦!

⋯2009年2月6日　　星期五　晴

今天迎接孙政委,我站礼兵哨一站又是一上午,没有训练,可我心里一直想着自己的动作。下午的一步一动训练教练员让我在前边带着做示范,心里总算是有一点点的安慰了吧,可不知道怎么了自己老是心里疙瘩得很。活在荣誉里让我变得虚伪了,

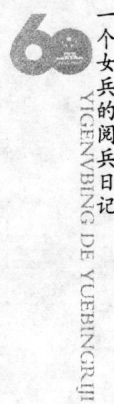

可我喜欢受夸奖,这是我的动力,这段时间似乎把训练当成了一种负担,我必须调节自己了。现在我不想回宿舍,一回到温暖的宿舍,冻结了的冻疮就开始肆虐,开始变软开始流脓又流血,从麻木变得敏感起来,剧痛……

⋯2009年2月7日　　星期六　晴

为了让自己的腿踢得快一点再快一点,我从不敢放松对自己的要求,从来不敢偷懒把沙袋卸下来一次,3公里跑我一直绑着沙袋跑,每天早上的体能训练我都竭力地快速跑回来,用节省下来的时间压腿、翻脚掌、压膝盖。我想通过自己一点一滴的努力,让一切都好起来的,相信自己可以实现飞跃。本周的最后一次训练了,所以特别有激情,上午训练不是特别累,下午在训练场付总教练让我们拔了两次正步、一步一动和一步两动,所有人都累垮了,当时几乎都有点麻木了,教练也一直陪我们拔慢步,我看到了他比我多两倍的汗水挥洒在训练场地上,其实心里还真的挺不是滋味的。每一动我都特别认真地做,如果不这么好好做都觉得对不起教练员。

今天的训练结束了,休息了,身心全部放松了,战友们都洗衣服了。我太懒了没有去洗,手机发下来了用都用不够,那种心理无人知晓。

楠楠突然对我说:"你太依赖别人了……"

"哦……?"(有吗?)

"嗯……"

"可能是因为性格吧……"

说者无意听者有心,我想自己必须要独立,努力让自己独立起来!

我不想自己那么柔弱,希望自己可以一天天地独立起来!坚强的才是快乐的!

…2009年2月8日　　星期日　晴

今天广播站我值班,收到了教练的来稿《军旅生涯我无悔》,是写给我们排面的,全部是他的心里话,可我不知道能不能打动所有人的心。教练说不管他平时怎么做怎么对我们,只有一个目的就是想让大家更有激情去训练。可我担心队员们不能去体谅他。

教练的腰和膝盖都不好,看见他一起陪我们拔慢步,心里像打翻了五味瓶。人要用感恩的心去面对生活每一天。

晚上班务会上说到我的问题时,全班人都各抒己见,说我必须稳好自己排头的位置,所以各方面我都必须做好,赢得教练的好评,有什么问题应该多积极主动

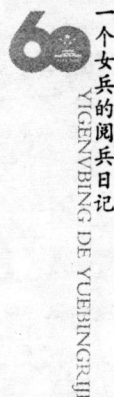

地去找教练，而不应该等教练来找我……我明白大家的心，排头真的不好当。我必须付出千倍万倍的努力来巩固好自己的位置，我要为整个方队负责。

细节决定成败。一个人不在乎他现在有多大的成就、业绩，细节就可以完全决定这个人未来的成败，细节决定一个人的人生路！我是一个注重别人的细节，苛刻要求别人的人，可对自己也许放松了好多，以后我必须从自己做起，更加严格地要求自己……

听到战友们的善意的指正，心里还是暖暖的，谢谢你们，我会严格要求自己的，加油、拼搏、奋斗！

⋯2009年2月9日　　星期一　晴

元宵节到了，我们没有放假，一如即往热血沸腾地投入训练。早操听到远方的鞭炮声心里阵阵酸楚，我想到了家人，想家了……元宵节同样也是正课，我们没有休息，唯一让我开心的是作息时间改变了，下午2:15才训练，能多歇一会儿，可收操时间也推迟到了18:00。下午进行了全方队的队列会操，我们排发挥得一般，不是正常水平，教练郁闷了，我们每个人也都和他一样揪心。方队长让各排教练选出一部分队员代表集体走正步，看着不满意的结果，方队长生气了，把话筒狠狠地摔在地上。训练场上的夜灯一盏一盏地亮了起来,我们依然"一、二、一"地踢着正步,夹杂着远方的爆竹声,烟花映亮了远方的天空,对家人的思念,对训练的恐慌,伤感阵阵袭上心头……

…2009 年 2 月 10 日　　　星期二　晴

正步的慢步学习!

我开始不理解教练了,从开始很看重我到现在的不理不睬不闻不问,心里特别的失落,以往不多的一点激情也在意外的打击下消失了……

也许是自己杂念太多了,也许不论什么时候都应该保持平常心,夜已经很深了不想太多了,想太多了也不能解决什么问题。来了这里是孤独的,怀念以前。每天晚上都必须想想白天的事情才能安心地睡觉,习惯了这样的生活,还有我生活中不可缺少的文字表达。

也许自己的动作太水了,教练才这样对我,可我每次找教练沟通时他又说:"没有太大的问题,一重心,二力度,三爆发力。"可我就是不知道怎么找力度。有时希望教练也可以像其他排面教练那样火爆地训练我们。人的潜力是不可估量的,我自己就属于必须有人激发的那种。可是要我们教练这样是不太可能了,只能自己狠一点,我决定以后每天做蹲起 50 个,一周加一次加量,每天早上绑沙袋 3 公里跑后再加 50 个高

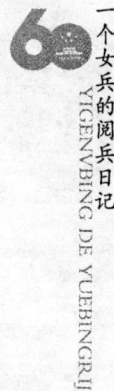

抬腿增加自己的腿部力量。

相信自己一定可以！现在只有自己才能帮自己。

这几天可能是大家训练都不顺心，感觉与楠楠距离也越来越远了，可今天中午她让我特别感动。广播站今天是我值班，12:50广播才结束，我嘟囔着饭也不想吃了。进了食堂几乎没什么人了，只剩刷碗的和炊事班的班长们了。我正打算也不吃了，可突然看见楠楠还在那里坐着，我跑过去看着她，她傻傻地笑着说："快吃，快吃，饭都凉了，我等着你，你快吃。"我使劲往嘴里扒拉着饭菜……泪水模糊了我的眼睛……

感动！训练的苦、累全都散去！

…2009年2月11日　　星期三　晴1℃~13℃

天气越来越暖和了，训练我们已经不能当成是取暖运动了。这几天的正步快慢步练习（今天是第二天），我们受点皮肉之苦是再正常不过的了，脚肿了，是因为砸地砸的，落地蹬脚跟翘脚尖的原因，不过我能忍受。很多战友脚都肿了，而且似乎挺严重的，可在训练中没有一个打报告要求休息的，不得不说令人感动。

教练这几天变得凶起来了，比以前要求更严格了，是件好事，我认为只要能把我的动作练成最好的，采取什么样的方式都可以。为了能走过天安门，付出再多也

夕阳下的训练

值得！作战靴把脚磨破了，打起了水泡，逐渐变成了茧，脚背肿了，脚砸肿了，骨膜发炎了，小腿疼了，膝盖积水，这些都是我们队员最平常不过的疼痛了，可真的没有一个轻易掉队掉眼泪的，这才是军人的风范。每天依然以自己最饱满的精神到训练场展开训练，每天把自己生活的点滴作为颜料，渲染出美丽的春景，休息的时候总能听到那么爽朗的笑声……坚强、勇敢、睿智、细腻的女兵，珍藏我们一生中最珍贵的财富。

身边的人都是最可爱的人，每天都是新的一天，必

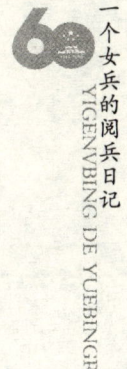

须认清自己的价值,每一天必须要有新的收获。加油,宝贝!再多的困难都会过去的,脚和腿的疼痛阻止不了你正常的训练,一定要无视你的绊脚石!

···2009年2月12日 星期四　晴—雨 1℃~9℃

初春时节天气反复无常,预报说有雨夹雪。中午去广播站的路上感觉到有湿湿的东西飘落在脸上,但分不清是雨还是雪。地面湿漉漉的,训练中我们心里都提高了一个兴奋点。这也算是训练中的美妙插曲!

今天听说教练生病了,心里很不是滋味,他是为了我们的训练吃不下睡不着累病了,感谢你教练,希望你快点好起来!

方队给我们每人发了两套捧卡内衣,秋衣、秋裤,今天天气突然转凉了,正好用得到。感谢方队领导为我们想得这么周到,谢谢你们的关心,我们会用最优秀的队列动作回报领导的关怀。

···2009年2月13日　　　　星期五　多云

昨天来了第一场2009年的春雨,今天气温下降了很多,好凉!晚上去洗澡了,脱了鞋子之后才看见自己疼了几天的脚跟,肿得比小腿还粗,真的,一点也不夸张。今天下午训练的时候每踢一步脚都是针钻心般疼痛,我一直在和自己说别太娇气,坚持一下就好了,可我竟不知道肿到这种程度了,突然觉得自己那么坚强。

今天于政委给我们8排拍了一天的实训录像,晚上我们在会议室集体观看了训练实录片段,看了自己的动作之后才知道原来自己有那么多的不足,不是教练空口无凭地乱讲我,我闹情绪更是不应该的事。

1. 自己的力度的确欠缺;
2. 跟腿速度慢;
3. 出腿速度慢。

晚上睡前先想想怎么做得更好,怎么增加力度。其实,我知道这三点的主要原因在力度,只要力量能跟上去了其它一切就都不是问题了。

忍着疼痛,努力呀!别太心软,别心疼自己,更不能溺爱自己。加油,你最棒。动作才可以说明一切,证明你所在的位置真正地属于你⋯⋯别想着苦和累,你那么爱美,那么自己做动作也必须是最标准的。加油!有多少人把期望寄托在你身上,别辜负了他们,也别辜负了自己。自己勇气在哪里?我自己心里明白,存在下去靠的是自己的实力。

..2009年2月14日　　　星期六　多云

今天是如此特殊的节日,我们一如既往在训练着正步。教练仿佛发飚了,吓了我们一跳。上午正步训练几乎没有休息过,真的很累,好希望教练可以让我们休息一下,可是真的就是痴心妄想。训练一上午了,在踏步时我的脚突然剧烈地疼痛,让我不得不立刻打报告蹲下做缓冲,片刻之后我就打报告回到队列中了。我看见小敏哭了,连平日里最坚强的辣妹也哭了,可能是因为太委屈太辛苦也可能是脚痛……一上午的训练终于在哨声吹响后结束了,我们拖着疲惫的身子跑步成方队授课队形收操了,回来的时候看见6排的大韩也哭了。讲评中值班教练10排教练员点了6排的李胜队列纪律不严,所以6排的教练员说:"一会6排不许解散。"我心中默想6排又该遭殃了。上楼后我透过窗户,看见她们都蹲着挨训。当我们集合开饭时,6排的队友们都围着队长在抹眼泪。此时是一种什么样的感觉只有我们自己才知道,战友,我们不哭……

每次看到队长在值班室给队友们按摩训练伤,心中就会酸酸的,此时此刻的痛都不算什么了,剩下的唯有感动。看着队长把蘸了刮痧油的手在酒精灯上烤热,然后快速地给我们搓在脚上的时候觉得她就像我们的妈妈。心里的酸楚,在抹干眼泪的那一刻必须全部忘记……

"下午没哨音谁都不准起床,就给我休息!"队长这样说是想让我们多休息一会,使脚伤得到充分的缓解。其实我们心里在乎的也许就只是这样的关心和爱护。上午队长申请了很久方队才同意下午休息的,队长今天也哭了,是心疼我们的脚伤。

中午勤快的楠楠拉着我去洗衣服,从13点洗到15:50,累晕了……唯有一件事让我高兴:发手机了。

我们2009年的情人节……

…2009年2月15日　　　星期日　晴

天气骤然变冷了,一睁眼得知的是可以外出,每个班两个名额,从最左边的床铺开始轮,我和楠楠得到了外出的名额,一路上计划着今天的日程,兴奋极了。打算去五棵松,可最后开班车的班长说时间太赶了,我们的班车停在水立方再去五棵松需要一个多小时哩,所以就将就着在北辰逛了。好不容易攒了一点点钱今天这么一得瑟就全光光了,可还是觉得有很多没买的东西,中午吃了我想念已久的肯肯(KFC),吃撑死了,真的巴不得把肯肯店搬回去。回来的时候都已经16:25了,美得晕了,兴奋……

…2009年2月16日　　　　星期一　晴

气温不断地下降着，从正步训练以来教练每天的批评都像我的一日三餐一样平常。心里天天真的很不舒服，反应口令，跟腿速度，让我头疼。但我相信每天早上、中午、晚上的加练一定会让我有长进的，要实现滴水穿石！下午付教练让我们小试了一次正步连贯动作，动作做得可笑到了极点，我几乎不会走路了，属于满腔热情的开始，垂头丧气的立定。教练说考核后要刷人了，心里好急啊，加油啊，必须加劲训练！

…2009年2月17日　　　　星期二　晴

下了2009年的第一场雨,而后紧接着就是2009年的第一场雪,似乎有点奇怪。出乎我们所有人意料的是雪天室外训练,雪不像老家那样的鹅毛大雪,但在北京来说也不算小。我们顶着风冒着雪站军姿,雪花直往衣领里钻,但我们似乎比以前站得更精神那么几分,起码我是这样的,即使现下眼泪和鼻涕一起汹涌着。我喜欢雪天、雨天……它总能给我带来舒服的感觉,能让我心如止水地做一切事情,它是那么的宁静,总能用一种无形的东西激发我连自己也不知道的潜能。

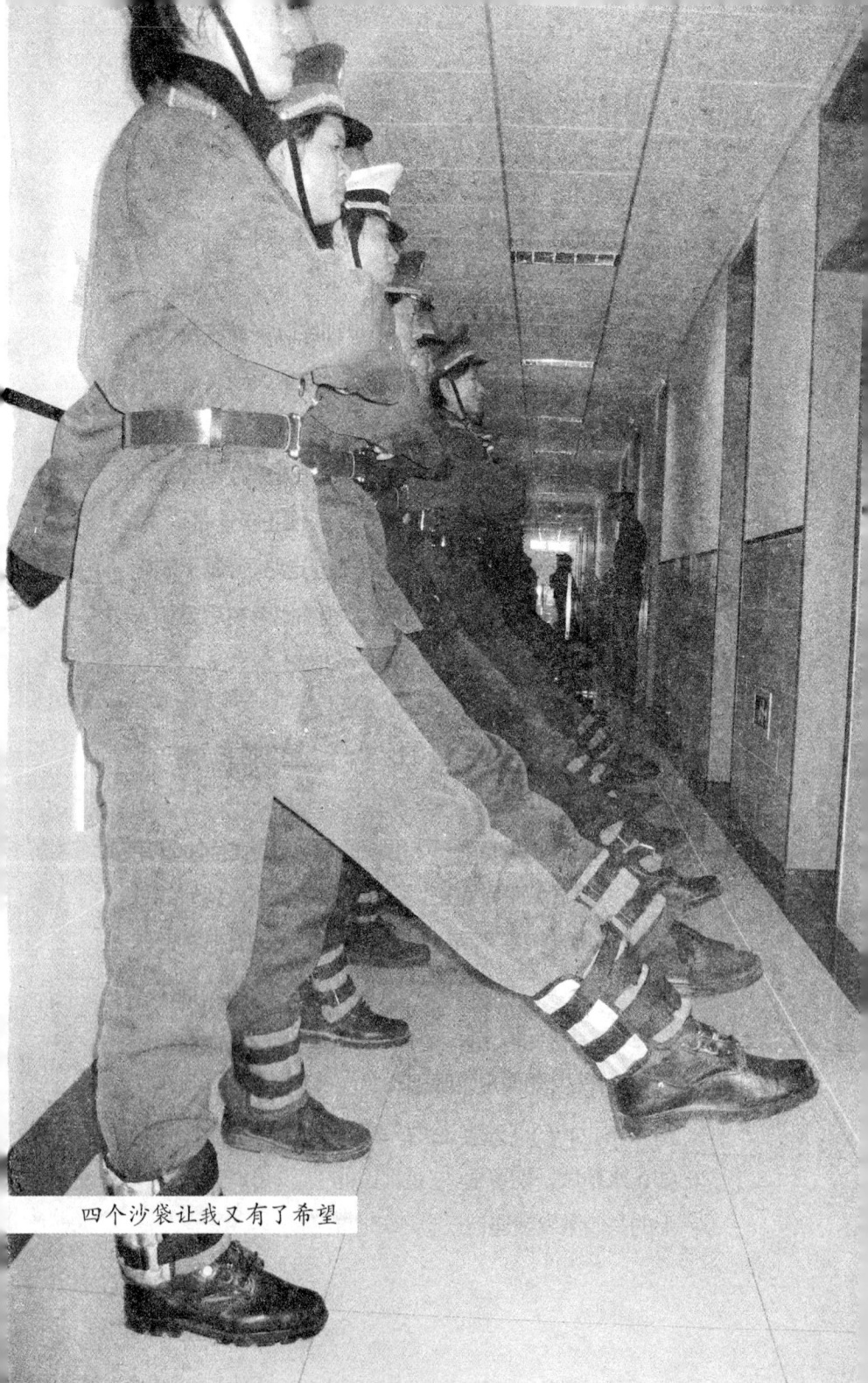

四个沙袋让我又有了希望

紧接着是我们的正步练习,每一动大家都是那么认真。天气很冷,雪还在下着,汗也流着,有一种从来未有过的成就感、幸福感。休息时看着训练场上的一条条斑马线更是有种满足的快乐感,每一步都伴随着我们快乐而又潇洒的汗水!

踢腿速度和力度是我一直头疼的问题,在我的日记里天天出现,我自己也烦了。下午教练又给我加了一对沙袋……心里挺高兴的,起码可以说明教练没有放弃我。加油!有了这额外的两个沙袋你应该更有压力和动力,腿必须快一点再快一点,别让关心你的人们失望,两对沙袋帮助我,快快快……

…2009年2月18日　　　星期三　雪

又是一天的雪,方队选择了室内训练。我的两对沙袋也默默地陪伴着我。汗水流着,成就感也满满的,只希望自己每天收操的时候都可以有点进步,别让时光白白流逝。上午突然胃不舒服,反胃得特别厉害,但我一直坚持着,可到11点的时候怎么也坚持不住了,开始呕了,我请假回宿舍了。今天是第一次请假,以后,以前我都会坚持的,可今天真的是特别难受,所以请我的心原谅我请假吧!中午饭也没能吃就睡了。下午好多了,我仍旧绑着两对沙袋开始了紧张的训练。

队里通知我们本周要抽出一天的时间进行体能考核,三项:蹲起(一分钟50个),仰卧起(2分钟60个),俯卧撑(一分钟不详)。对于我又是一种压力……加油,这个要作为个人成绩记录的。因此以后晚上又多了一项任务就是体能加练,21:00以后开始体能训练……生活又开始了暗无天日的公共时间,我们的所有缓冲时间又全部被收回了,大家都愤愤的,可也只能执行。因为压力和竞争无时不在,下午的身高测量也不知道意味着什么,本人168.2厘米,长高了一点。每天必须努力,动作必须有长进,加油!

⋯2009年2月19日　　　　星期四　晴

早上推开窗户,满眼的雪景让我的心情那么的放松,一种特别舒服的感觉。早上没有出操开始扫雪,上午的训练也改成扫雪行动,训练场上白茫茫的一片,让我有种心旷神怡的感觉——很久没有过的亲切感,多想躺在圣洁的雪地里好好感受一下大自然的恩赐!我和张教练、7排教练用床板推雪,虽然我的力气都不及他们的五分之一,但还是卖了很大的力气在推雪。来回了几趟,腿都酸了,想必增长了不少的臂力和腿力。刚扫着战友们就开始打雪仗互相攻击,我也被无情地攻击了,脸上头发上都开始滴水了,可是这种开心却是这

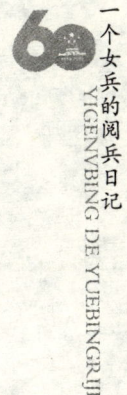

么久以来第一次。我们8排极力要求堆一个雪人,可郁闷的是刚堆好就被无情地铲走了。10:20收工,10:30开始训练,天呐!大家虽有怨言,但没有不服从的。今天的训练比较特别,在室内训练场地压脚尖,两名队员互相压,顿时各种尖叫声,各种哭声回荡在楼道里,教练双脚踩在我的脚尖上往下压,顿时感觉到骨头都要断了,我用力抠着地板咬着牙,疼得我眼泪在眼眶里转。晚上训练前把标兵牌全都收了,现在已经进入了另一个训练阶段,所以又重新发了四个标兵牌,可没有我,心里特别紧张,也特别难受,我有信心争回失去的标兵牌,以后我会以更严格的标准去要求自己,做得别人心服口服,做一个名副其实的优秀标兵。每天都要以更加严格的姿态面对新的一天。

…2009年2月20日　　　星期五　晴

训练一如既往地进行着。气温直线下降,寒风透过绒衣,浑身感觉像针扎一样,手上冻疮渐渐地长得像是鱼鳞片一样,有时真的不愿意活动。休息时,汗一泻浑身都在冻得发抖。我的脚肿了也有半个月了,有的战友天天哭着喊着说训练苦训练累,可我只是默默的,不讲什么,也不想让别人觉得我特娇气。今天坐在椅子上泡脚的时候,阿娇看到我的脚特别肿就问我:"你的脚怎么肿得那么厉害啊？怎么也不去看看医生呢？"

"嗯，我觉得没事。"

其实，我一直疼着。我只是不愿意讲，在这里突然少了那种贴心的朋友，我真的很不习惯，觉着自己那么孤单，我好害怕自己一个人，可也许这样的日子能帮助我成长成熟起来。可我始终认为人不可能一个人过一辈子，总要有几个贴心的朋友，我是属于那种不能缺少朋友的人，朋友在我的生活中占很大比重的，幸福、快乐都要有她(他)们分享，那样我觉得生命才更完整。

希望自己可以坚强起来，但我坚信我不可能改变自己对朋友的认识，但愿我们可以一起分享幸福、快乐和悲伤。明天我想去军医那儿看看我可怜的脚丫子。

今天的体能考核，让我知道了自己当前发展的空间无限宽广。加油！

┈2009 年 2 月 21 日　　星期六　晴

上午出操前得到一个让我兴奋的消息，下午休息。上午的训练，热情真的是挡也挡不住。收操后发了我想念已久的手机，可是我办理的漫游业务昨天是最后一天有效期了，今天就过期了，再打电话就收漫游费了，连和我想念的妈妈的通话时间都得节约了。下午要去包包子，可我们都想睡觉，怎么办，只能从一床开始轮

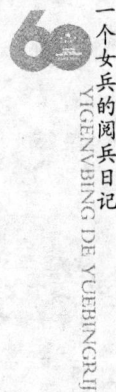

了。我觉得这周我的表现一点也不好,心里特别不爽,开始讨厌自己了,为什么不做好一点点呢?笨死了,对自己一点也不狠,讨厌啊!

心情不好!动作——怎么才能好?我会一如既往地加班训练,我坚信绳锯木断,滴水石穿!

···2009年2月22日　　星期日　晴

规定今天早上9点起床吃饭,下午4点吃午饭,听到这个振奋的消息,我们都高兴得在床上跳了。天下还有这么美的事啊?

可是事实上早上8点就让起床了,欺骗我们也就只好忍了,才提前了一个小时,9点回来还可以睡的嘛,回来我睡到12:17才醒来,12:30又突然通知14:00起床,14:50开始训练,顿时我们都抱怨起来,可是也只有服从。到了训练场本想打起精神训练的,也许由于缺少了食物的慰藉变得萎靡不振起来,不想训练。周末就这样过完了,总觉得休息的时间不够。手机也该交了,新的一周又要开始了。

…2009年2月23日　　星期一　晴

本周训练内容为正步的连贯动作。上午是慢步练习，不知道什么时候付教练出现在了我面前说："动作得加把劲儿了啊！"我点点头。可谁知道付教练一直没走，一直在我旁边看着我的动作。

"你胯太僵了，都这么久了，怎么还这样呢？来，我在这给你喊口令，你做动作。"

我离开了队伍，付教练开始单独训练我。他说我重心在后边，一定要灵活把握腰、胯部的关系，现在都连贯动作了，我的慢步还没找到感觉，动作怎么练啊，可是4斤的沙袋此时让我的腿像注了铅一样，感觉有千斤重，拖拉不动！

看着他的表情，听着他的话语，我真的压力特别大，心里也挺不是滋味的，也恐慌极了。现在几乎失去信心了，不知道该怎么办了。队长也说我："1.重心后仰；2.缺乏力度；3.步幅不准，其他还可以。同时必须要对自己有信心。"

教练员今天把我们排的正步按动作层次分成了3个排，我在第3排，自信心被打击得只剩一丁点了，怎么办呐，自己也没心情去吃饭。

…2009年2月24日　　　　星期二　晴

　　正步训练的日子是艰苦的，是我一生都难以忘记的，一个人单独的动作体会更让我铭刻于心。从学习正步摆臂以来我的榜上有名就成了泡影，教练的嘴里再也没出现过我的名字，我成为一个隐士。训练中我从来没有放弃过，我一直咬着牙对自己说："你一定可以的，别灰心，别丧气，以后一定可以更优秀的！"今天从教练的口中听到了我的名字："段学敏，不错，脚尖始终压得很死。"可现在听到表扬的感觉和以前完全不一样了，心里反而觉得挺奇怪的，也许是近日隐姓埋名我已经麻木了吧。其实动作不好我从没认命，每天一有时间就去体会练习。别人都洗漱了，铺床了，聊天了，吃东西了，我还在加练。我只想利用点滴时间去提高自己的动作质量，感悟动作的真髓，体会着去改正。一次又一次，几百遍、几千遍地体会练习，让室友帮我看动作，提问题。她们每个人都特别好，都帮我看动作，而且都给我指出问题，然后我再去改，心里酸酸的，也很自责。每次听她们点评我的问题心里就像打翻了五味瓶，责备自己：为什么我存在的问题就这么多呢？为什么自己就这么笨拙呢？为什么这么不争气呢？可我永远也不会、不能放弃，我必须让自己再次强大起来，无论中间经历多少失败,多少挫折,我有坚定的信念相信自己一定会成功! 21:55 的时候我就会给自己收操了,汗水顺着脸颊滑落,泪水充盈了眼眶,可都忍了回去。古之成大事者,不惟有超世之才,亦必有坚忍不拔之志。我相信自己有一颗足够坚强的心! 我不允许自己有一点缺憾!

┈2009 年 2 月 25 日　　星期三　晴

　　方队突发奇想地让我们二中队和三中队交换了训练场地,很不适应。周围的固定参照物都发生了变化,而且由于个人身体原因今天脑袋老犯晕,教练骂我是不是脑袋里装浆糊了,心里很不是滋味。接下来又做错了动作,可我没敢打报告,我怕他又骂我,可这样的行为 30 个人都看见了哦,心里会怎么评价我这个人呢。教练也看见我做错了动作,可出乎意料的是他竟没有把我点出来,在这里我想对大家说声对不起。

　　我讨厌晶晶,每次她都把我当傻子,说话总是那么刻薄,也许她的性格就是那个样子,但我想这种人我只能避而远之,心存戒心,不敢恭维啊! 我知道有许多人挤兑我,想当排头兵,有多少人在观察着我的一言一行,所以不许乱讲什么,你一定不能失去自我,站稳自己的立场,不能让别人的话迷失了自己的方向,受到别人的控制。自己有点主见,多留心学会用更聪明的方式

与他人相处。

···2009年2月26日　　　星期四　晴

郁闷的训练在晚饭后又开始了，当我们左顾右盼地说闹时，10排的徐教练员出现在我们面前，喊了一句："站好了，现在开始站军姿。"大家顿时安静了下来。我心里直犯嘀咕，他们教练是不是换着玩呢，不是来真的吧？一会我们张教练也出现了，可跟徐教练嘀咕了几句就走了。徐教练员开始纠正我们的动作了，一个一个地纠正，走到我这里说："排头不错，排二……"他一个一个地点评着，可我听着心里很不好受，再也不是张教练给我们的那种感觉了。纠正到后面几个队友的时候，他开始用刻薄的语言讲她们，她们也一句句地回应，一个比一个响亮地喊着"到"和"是"。我知道这都是在反抗，在反抗他的存在。虽是在站军姿，可心里一直在想着平日里张教练是怎么训练我们的，怎么给我纠正动作的。可耳边不停地传来徐教练的讲话声。

"报告！"排面长打报告。

"我去找我们教练，开始训练了。"

"现在我已经是你们的教练了，怎么，不想待？"

"我们教练是张教练！"

"我不知道，但是现在我可以告诉你，我是你们的教练,有什么疑问训练结束了可以问上级!"

顿时,无声……

我相信了,看着他那么严肃地训练我们,我心里特别难受,我想每个人都和我一样,心里都有那么多的不满。

过了十几分钟,我们教练上来了,说了一句:"下去,快回去!不换了,不换了。"

顿时我们炸开了锅,都在大声地嚷着,责备声,哭声,笑声乱成一片。教练说:"安静了,我怎么会换排面呢?我会一直好好带你们的,希望你们可以明白我做这一切的良苦用心……"

8排的队友们大部分都哭了,我也流泪了,而后又破涕为笑。真的特别害怕换教练,通过这件事情,我们知道谁也代替不了张教练在我们心目中的地位。队友们,教练在,加油干哦!

…2009年2月27日　　　星期五　晴

我们排发生了一件令每个人都不悦的事情,也是女兵方队从未发生过的事,排面长和郭琴发生了冲突,弄得整个排都……

我们全排所付出的汗水,以前所取得的成绩荣誉,都归为了零,每个人心里都在流泪,到了紧要关头,我

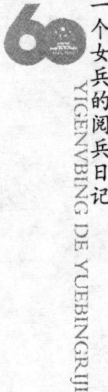

们的服从命令、团结协作意识都哪里去了？作为一名方队队员连这点大局意识都没有吗？三军女兵方队是一支充满荣誉感的先进集体，她代表中国，代表全军，而每个队员其实都是那么渺小，在任何时候都要以集体为重，任何时候必须个人服从集体，有时你必须放弃自我，顾全大局。

团结才有凝聚力，凝聚力才出战斗力，一个集体没有团结必将不战而败。身为其中一名队员，我们每个人都必须做好优秀代表。

发生这样的事情，连同教练员也都改变了对我们的看法，那么以后我们每个人就必须付出更多来赢回更多的信任。这样的人能不能在方队存在，每个人心里都有一个问号。

我们全排写了认识，做了处理意见，写了给教练的答复，思想汇报，给队长的心语。写完后全排加训，很多队友都哭了。我们为排里的荣誉而哭，排面是一个大集体，以后要靠我们一起争取更多更多，我们一定要团结。

···2009年2月28日　　　　星期六　晴

以后周六下午的休息全部取消了，可能原因：一、我们正步的疲劳期已过；二、昨天发生的事情。

大家都蛮郁闷的,盼了五天半的美觉也就基本破灭了。教练也发火了,今天猛练我们,并且说我们的好日子到此结束了。一上午拔正步,一次都没有休息过,但觉得自己动作长进挺大的,好在明天就可以休息了,咬紧牙就 OK 了。下午 16:20 开会,为了昨天的事,中队开教育会,又写了思想汇报,一周也就这么结束了,休息了……

…2009 年 3 月 1 日　　　星期日　晴

阳光明媚的日子里,睡觉是最美好的事了。今天二姨来看我,给我带来了吃的用的,其实自己并不在乎那点东西,有个亲人来看心里就会安慰很多。

晚上的排务会教练员也参加了,一看见我们他就开始发火,说我们一个个都不愿意站军姿开会那就蹲姿开会好了。从他开始讲话到散会我们就一直蹲着,我的脚从疼到木,我使劲儿地咬着下嘴唇,都咬肿了。最后他老人家看着我们不标准的蹲姿,又是一顿飚,说我们一共只蹲了 15 分钟,就跟要我们的命似的,要是不行的话以后天天找个时间练练蹲姿。当下达"起立"的口令时,我的右脚完全没有知觉地拖到左脚边,此时感觉到皮鞋都是翘着的,久久不能恢复原形。

看来,以后的好日子 over 了。

…2009年3月2日　　星期一　晴

新的一周开始了,心里比以前更累了,教练比以前更凶了,不让我们休息,不允许出错,汗水顺着脸颊、前胸、后背不停地淌,早上的3公里跑又增加了里程,估计现在是4公里左右了吧,跑回来汗就可以洗脸了,压腿、翻脚掌、压膝盖从未间断,加油,动作一定可以有飞跃!

晚上的洗澡也取消了,19:00~20:30改为了训练时间。我膝盖疼,这也是老毛病了,从小就是一劳累就疼,自从训练以来,膝盖天天都疼,这几天更是晚上都疼得睡不好觉。军医说这是劳累性疼痛,扎火针可以治疗,晚上我请假去扎针了,一共扎了4针,比我想象的疼了点儿,但可以忍受。军医说我的髌骨发育得不太好,所以疼就是自然的了,唉,这只能怪先天了!

希望自己可以健健康康的,一定要圆满地走过天安门!

…2009年3月3日　　星期二　晴

这两天一直都特别的累,但我相信那句话:"人的潜力是无限的!"我的潜力也是很大的,中午在方队成授课队形集合的时候,付教练点到了我的名字,作为眼神、面部表情好的标兵出来做动作,还蛮自豪的嘞,许久许久没有受过表扬了。以前我以为,反正我再怎么努力教练也是视而不见了,对我不闻不问,视我为空气一样,可能是在一起相处久了,现在他在我心目中连一点敬畏感都没有了,全都是埋怨!

今天的膝盖更疼了,也许是扎针的反作用吧,怎么办呐?

教练一如既往地练我们,疯了一样。他老人家连晚上这一会儿训练也不放过地发飚,一次都不让休息,吓死人了,以后天天这样可完了,完全是另一种训练方式。正步拔过去,跑步带回来……也许教练误以为我们是钢铁铸成的。

⋯2009年3月4日　　星期三　晴

广播站轮到我值班了,我喜欢播音,所以心情特别好,我想在别人吃饭的时候也能把我的声音当做一道小菜来共同分享。昨天来了十几个领队,全都是干部,这是不是也就意味着领队和我们没有任何关系喽。

教练看来是还原不了了,还在猛练着我们。今天晚上的扎针计划也泡汤了,因为要开军人大会,对上周五发生的事做出处理决定。所有的战友也应该反思

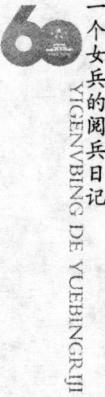

一下了。

今天的训练成果：改了抽臂的毛病喽！

安心睡觉吧,明天的训练等待你出新成绩呢。加油吧,不论别人重视你与否,你自己必须重视自己！

···2009 年 3 月 5 日　　星期四　晴—大风

今天的风巨大无比,训练一如既往地进行着。大风吹得帽子都快飞了,双脚必须用力地扒着地,否则就有飞上天的可能。在摆臂、踢腿、一步两动、一步一动中努力地寻求着平衡,否则打了报告会死得很惨。第一课时教练还蛮高兴的,第二课时因为彤彤说本排 301 室的卫生推卸责任的事惹毛了教练（又是不太团结的事）,教练又发飚了,我们的日子又难过了。唉！我们在大风中找平衡,一点也不敢疏忽,心里原以为这么大的风会选择室内训练,可日子的艰难程度让我们不得不去寻求新的心理平衡。

今天发了四个标兵牌。我心里难过,可也有许多的麻木,我想知道自己为什么不能很优秀,表扬现在对我来说已经变成了奢望,点评责备成了家常饭,不知道怎么改变自己的心态,加油呀,这样还怎么保住你的排头位置啊？

下午的大风训练对我的生理、心理都是一个挑战。

想逃避这个现实,可我别无选择,只能接受,并且做好。每个人都在坚持,为什么我不可以呢?别人在大风中都能站得稳,为什么我不能?为什么别人有标兵牌我没有?别给自己理由,也别给自己台阶。

⋯2009年3月6日　　星期五　晴

"动作好的到前边,不好的你就去后边。"这句话是教练说了很多次的话,今天终于执行了。我站完礼兵哨回到训练场,教练已经把我的位置排到了第16位,情绪一下子低落得很。排头的位置也被乔乔占了,心里特别难过。

这几天也不是特殊情况日,也不知道怎么了心里特别毛躁,火气特别大,看到谁都不顺眼,特别郁闷。脾气也变了,真该调节一下自己了,那么任性,我不该是这样子的。

特别讨厌教练的做法,心里也窝火得很。

脚又开始了一种新的疼法,脚内侧又肿又疼,听说方队今天要来一个骨科的"神医",我抱着试试看的想法去了。"神医"一拿住我的脚就开始揉捏,而且动作是相当的猛烈,此时的疼痛要比平时单纯的脚痛疼上几百倍,疼得我眼泪都流出来了。结果"神医"来了句:"你是跖骨和楔骨错位。"一听他这么说我都吓死了,眼泪

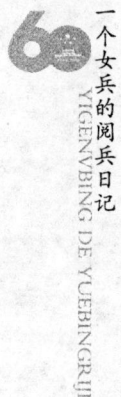

哗啦啦的,再加上他"疯狂"地正骨,我都疼疯了。20分钟后我重返训练场,我红着眼睛潇洒地说:"没事!"在这里天天的心情用语言文字是不足以表达的,就连个知心的朋友也没有,话都烂到肚里了,也没处可以说。失败啊,现在这样的不自立就是因为以前太依赖别人了。别人都觉得我不够成熟,不够独立,有时特别恨自己这样。今夜我偷偷地哭了……

…2009年3月7日　　星期六　晴

上午中队进行了单兵考核,只是小测验而已吧。队长看着我说:"你的臂就没法和其他排头比,就没法看……"

心里特别难过,以前乐观的我……原以为自己可以特别坚强,可现在一切又回到了原点。为什么做一名基准兵就这么难,所有人都苛求我!在这里所有的压力都得不到宣泄,我是那种没有朋友活不下去的人,说白了这就是一种依赖,依赖久了就变得不自立了。

年龄不能作为自己不懂事的理由,年龄不能代表自己不成熟,年龄不能作为挡箭牌,我必须让自己成熟起来,开心每一天。无比想念过去的朋友。

2009年3月8日　星期日　晴

今天突然知道许多战友都在用自己的工资养家，也不能说养家吧，但每个月总会给家里寄点钱补贴家用，奕奕用工资担负着她妹妹的生活费，萧萧供着全家的生活……许许多多的事让我感动不已。突然觉得自己这么不懂事——哦，刚看到日记本上这一页有这么多油渍，怎么会这样，好难看的哦，嘿嘿，一定是偷吃东西不小心弄的——以后自己也要更懂事点。长这么大了，从来都没有让爸爸妈妈省过心，每天还是把自己当小孩子一样。真的该长大了，一直这样父母会不放心的，心里很愧对他们。

对不起，我会让自己长大，会让自己更成熟，父母对我的爱永远也偿还不清，那么就让我以更优秀的成绩来回报他们吧！

2009年3月9日　星期一　晴

训练日复一日，压力也越来越大了，很难减少一点。心情天天都那么复杂，很想好好调节一下自己的心绪，可无能为力。心里不知该怎么解脱！

7排排头做的每一个动作都那么硬朗那么有力，我

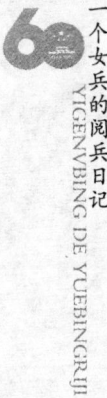

们教练连连夸奖她,骂我们说:"你们谁能和她一样,谁就可以当排头。"听着这些是是非非的话语,心如刀绞。7排教练说:"我们排头从始至终都没有放松过,现在她的动作是还需努力,但作风在、思想在就不怕以后不如别人!我相信我练出来的排头兵,我相信她在15个排头中一定是响当当的,我为有这样的排头自豪,她就是我的骄傲……"听了这些话,我自责,深感不如。人永远不要用自己现在拥有的事物和别人拥有的相比较,应该自己审视现在拥有的,去创造出最适合你的,不是一味只知道比较,那样做没有丝毫意义!平日我更多的是拿1排教练在和我们教练做比较,而忘了想想自己是否应该做得更好。

"向右看齐……"听到了不太完美的小碎步。

"向左看齐……"我也该跺小碎步了,可没反应过来!

"段学敏,当排头当久了,小碎步也不会跺了?"

"向右看齐……"

我依然保持向前看。蒙了蒙了!

"排头,你也给我跺起来!"

从现在开始,我站在排头跺小碎步,自己心里又是一个疙瘩。

"排尾到排头的顺序,正步走。"

"排头,你脑子装浆糊了,步子那么快,有没有步速啊?"

我心里特别委屈,又不是我带的步速,我是和前面合步子合出来的节奏,难道我一个人走自己的步速吗?所有的怨言全都憋在肚子里不能发泄。

"方队成授课队形!"

在跑队形时,7排跑到我的右侧,我于是开始小步地跑着,心想等着7排跑完然后从她们排尾跑过7排队伍的右侧……

"排头,跑啊,往前跑啊,有病吧你!"教练喊着。

"从7排后面跑!"

我又拖着30人的队伍从7排后方绕过去……

心里好委屈,真的不知道该怎么做,也不知道该怎么做好,有时挨骂了总会对自己讲想开点就行了,可真正地做起来就是那么难,为什么对我如此苛刻?为什么不能把我放低一点标准,我只希望每天和别的队友一样,少挨点骂,这样算过分吗?

···2009年3月10日　　星期二　晴

教练又发火了,以前他冲着我发火我的情绪也不会有太大的波动,可今天我自己也变得特别恼火。

"别翻脚腕!"

我尽量地压着脚尖,使它平行着地,可还是被他一

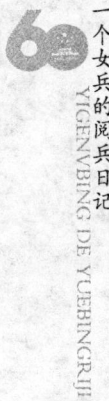

点再点,心里特别火,生自己的气,从开始训练到现在,每每给别人的印象都是动作太软,可我自己真的也特别用力了,心里真的不能明确该怎么做。

2009年3月11日　　星期三　晴

上午学习2月24日的报纸《关于丁晓兵们》的文章,此时才觉得方队为了我们用心良苦,通过各种方法来提高我们的素质。上午只训练了第二个课时,队友们都特别高兴。

下午教练又发飚了,下了向右看齐的口令后,我看了看三角标志就在我的右前方半块砖的地方,就跨了一步站上去了。

"排头,谁让你动的啊?让你动了吗?原地向右看齐!"

我真的是莫名其妙,上线不是你规定的吗,怎么回事,我好像没错吧!要命!

就这样被骂得一头雾水,接着开始练向前一步走,向右看齐,我的踩小碎步从前天也一直保留着,心里特别不是滋味。

"乔乔你站排头,V君你站她后边,J瑶……"我的前面一直站了7个人,心里老堵了。接着又继续踢正步,踢了几动,把小敏也调到了我前边,我的心里七上

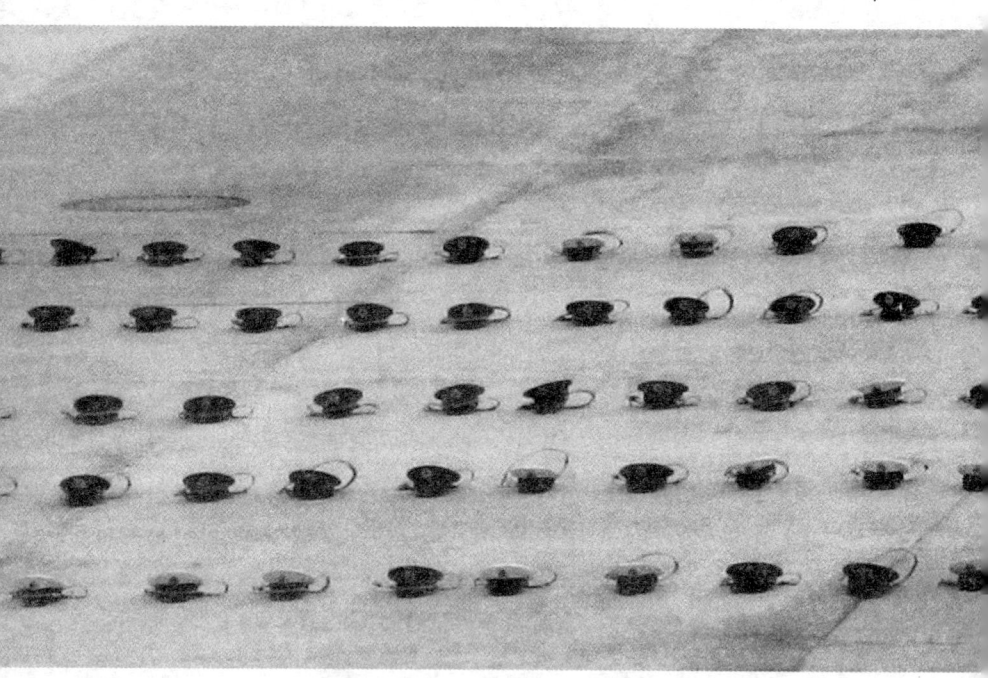

训练中间的休息时间让帽子腰带在训练场上替我们"站岗"

八下的,我从不觉得自己有不求上进的思想,我也一直在努力……

中午讲评时,队长说了她对每个教练提了要求,动作好的思想端正的上前边,不行的到后边去,如果两天之内回不到自己位置那么考核将视为不及格。听了这些我更不平衡了,看着教练对现在排头满脸堆笑讲话我就特别冲动。我从来没有懈怠过,我总是积极的,可把我放到第九位的原因在哪里?就只是动作和力度吗?这个真的不是我可以主控的,但我也一直在尽力,谁能

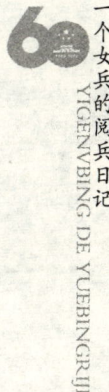

知道啊？你没看见我也在同样努力吗？你只知道我不好！我讨厌你！把别人的付出践踏在脚下，我恨你……

2009年3月12日　　　星期四　晴

一步两动中突然要求端腿，天呐，比登天还难。此时安静极了，都能听到手表秒针的滴答声，腿抬高度30厘米，端着，小腿都抽筋了……

"报告！"

"谁倒谁出去，要倒你就硬邦邦地倒下去，别软软地倒下去，谁打报告谁出去，你就别练了！——出去"

我极不情愿地出去了，我和打了报告的战友们站在一边开始端腿，越端越痛苦，越端越难过，觉得好丢脸，眼泪噙在眼里咬着牙端着，终于等到了中间休息。彤彤让我入列，一起带回休息20分钟。眼泪开始流个不停，真的想让该死的一切都滚开。从春节以后到现在，每天的训练生活压得我喘不过气来，心里所有的事情全部爆发了。只恨自己，谁也不怨，只怨自己，恨自己那么笨，这么多天来真的不知道自己是做了什么，怎么变得这么惹人嫌了，可怜啊！

第二课时我用尽自己的全部力气去做每一动，我不想让他小看我，我想证明给他看，我不弱，可我似乎没有自信了，我想做好，可不知道自己能不能做好，我心里发狠一定要夺第一,否则我就是狗屎。

…2009年3月13日　　星期五　晴—大风

上午站礼兵哨没有训练,下午刚去训练场没走几步就开始冒泡。

"一——"

听到这个口令我还是蹬脚跟翘脚尖没出腿。

"停!"

我仍然愣在那里保持刚才的姿势。

"向后转!"我还愣着。

突然我才回过神来,知道自己已经犯了大错了。我都不知道怎么办了,只好硬着头皮跟着她们一起齐步走了。

"站住,你给我站住,一边呆着去……"

"是!"

我傻傻地站在一边,这么丢脸!

好在站在那里没多久就休息了。

这次出去没有上次难受了,想开了。事情既然都发生了,就别看得那么重,就当教练在激发我的训练热情了。以后努力做好,开开心心做好自己无愧于自己的每一天。

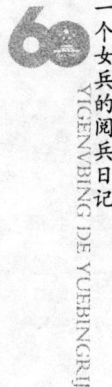

…2009 年 3 月 14 日　　　　星期六　晴

今天 1984 年女兵方队的政委来看我们了,说了许多当年阅兵时感人的事,其实许多事并没有那么崇高,这些都是我们最最平常的事,但当从别人口中讲出来的时候自己听了都会落泪。今天我又明白了,简简单单轻轻松松是不可能走过阅兵场的。

的确,我需要的是磨砺。我明白教练所说的自觉、坚持、认真、刻苦,也清楚他讲的靠素质立身靠成长进步,所有的苦都是我们平时无法想到的。

对自己是一种考验,希望自己以后更加成熟,希望自己别这么软弱。加油吧,一定得坚持走过天安门。

…2009 年 3 月 15 日　　　　星期日　晴

快到考核日了,心情也变得更加紧张了。每天晚上宿舍内的加练我从来没停止过,别人训练结束了就去掉了沙袋,可我从来没有,只有上床睡觉时才去掉,力量加练我也一直坚持着,我只有一个愿望就是把动作练好,成为最棒的基准兵!

···2009年3月16日　　　星期一　晴 18℃

气温回升了不少,今天我们考核。刚上训练场就来了个开门红,我在体会踏步时被王总点了,让我出列做示范,心里美美的,这是这么久以来的第一次。

寒冷的冬天已经过去,营房前纯洁圣美的桃花也开始绽放。下午的考核发挥得不是很好,是因为心理素质不够过硬,看见被那么多双教练挑剔的眼睛盯着心里紧张极了,结束就结束了,想再多也没用,做好以后。

教练不在的时候全部是豆豆代训,但这个人好像有点公私不分,喜欢指使别人为她做事,我不看好这个人,但训练场上还是必须得听她的。我们排来了个新的排面长,住在我下铺,楠楠搬到了另一边的一个上铺,不知以后排里的状况会怎样!

今天是方队的纪念日,不承想在汗水和疲惫中度过了,不知道该怎样更特殊地记住这个日子。每年农历的今天我相信我会特别怀念,今年的二月二十,而且一生只有一次这样特殊的二月二十。

今天,休息的时间很少,累!

晚上熄灯前还得学理论,快理论考核了,都是淘汰的标准啊!

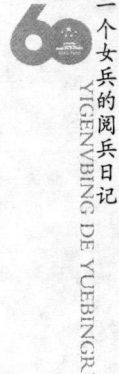

…2009年3月17日　星期二　晴23℃

气温不断上升。今天的温度让每个人都尝到了天热的滋味，是开始向汗水要动作的时候了。

原来我特别爱淌汗，可自从来了方队、要干劲的时候，我的汗水就开始浓缩，汗腺也开始受抑制了，就是感觉快累崩的时候汗水也只有那么一点点，不像小敏那样似的汗崩了。不淌汗自己心里特别急，明明努力了，也认真做动作了，但就是不流汗。

中午回来都快累崩了，真的特别想就在地上找个地方睡了，也不想吃饭，但我们谁也改变不了这正规的一日生活制度，下午、晚上要一如既往地向汗水要动作……

现在用手电筒照明写着一天的感受，好累啊。有时只是想给自己以后留点回忆，所以逼着自己每天再累也要把日记写了。

听着战友们如雷的鼾声，我心里酸酸的。以前听到某个女孩打呼噜，那真是罕见，即使是打呼噜，也是轻轻的如一首甜美的小夜曲一样。现在呢？鼾声如雷！我知道她们都累了，而且是太累了才会这样的，此时谁听了都会心疼的。加油吧，姐妹们！我们常说冬天来了春天还会远吗？现在我说春天来了，"十一"还会远吗？春暖花开的季节多长点动作,多长点劲儿,加油!

⋯2009 年 3 月 18 日　　　星期三　晴 25℃

　　天气又比昨天热了一点,我们也又比以前累了一点。心里天天都不舒服,今天又被调位置了,调到了第七位,排头已名花有主了。那个位置我一直特别珍惜,可自己总不是那么优秀能巩固好那个位置,很惭愧。我从来没有服过输,我相信自己可以优秀的,也相信自己将来一定可以证明给所有人。今天班里是我的小值日,中午起床后赶时间扫地,一不小心扫柄上的铁丝扎在手指里了,也顾不得那么多,赶紧拔出来不管不顾地继续扫,听着集合哨赶紧集合出操,可越想越觉得自己刚刚太大意了,万一破伤风了怎么办啊?这时才着急请假看手去,可训练场上的假是千辛万苦才能批得到。楠楠一看我要请假,问我到底是怎么回事,一看我的手她都哭了,她这一哭不要紧倒是把我也弄哭了。于政委明白了情况之后让我去找护士打一针破伤风,可找到护士,护士再三推辞说没关系,消消毒就可以了,不用打针。情急之下我说是政委让打针的,她说:"这里现在没药,要打还得去医院买针剂,现在又没车,你先回去吧,24 小时内打到就可以了,等一会有车了我找你。"中间休息时护士找我来了,而且药也买回来了,

皮试之后就打了……

心里还是蛮感动的,其实这只是一点小伤而已,方队能这么重视我们,而我自己只是一名普通的受阅队员,方队领导用他们博大的爱来呵护着我们每个人,心灵的感动,感谢!

用加的方式去爱人,用减的方式去怨恨,用乘的方式去感恩。

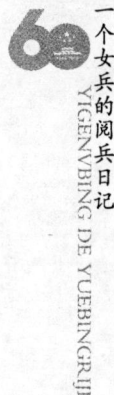

···2009年3月19日　　　　星期四 晴 19℃

气温受弱冷空气的影响下降了4℃,可院子里的桃树还是依旧开花了,很唯美的粉色。

有时解释是不必要的,别人不信你的解释,真正的朋友无需你的解释。而非朋友的人会让你在明白中绝望,在绝望中明白。在爱的路上,最大的过错是错过。

一个无人分享的快乐,绝非真正的快乐;一个无人分担的痛苦,则是最可怕的痛苦。如果皱纹可以写在额头上,那就一定不要写在心上。变老是人的必修课,变成熟却成了选修课。

···2009年3月20日　　　　星期五　晴18℃

不当排头的这段日子想了许多，也许自己真的不能当好排头兵吧，但我不服气。我相信自己一定可以回到自己以前的位置，做到最好。我不相信自己没有能力，也不相信她们的能力一定比我强。

昨天队长问我："这几天被弄到第几位了？"我说第七位。自己心里像打翻了五味瓶，不知道有多么羞愧。每天听到教练说："排头怎么怎么样……"我的心里就疼疼的，能感觉到心脏在颤抖。我心里一直在较劲儿，我不相信自己不行。下午要体能考核了，三千米，昨天下午刚考了理论……一天又一天，感觉好漫长。

教练的脾气越来越坏了，坏到那种比谁都坏。一上午一次也不让我们休息，一口气也不许喘。这几天想妈妈了，想家了。每天都有睡不够的觉，现在早上出操提前到了6:05，提前了15分钟，那么也就意味着5点多就必须起床，好累。

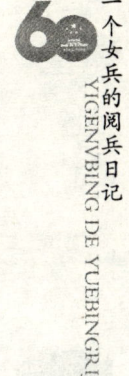

…2009年3月21日　　　　星期六　晴

今天方队会操,我一上场就觉得自己的心理压力非同一般,想起那天梅主任说心理素质必须好,不然的话永远也发挥不出自己的东西。的确!

下午休息!

…2009年3月22日　　　　星期日　晴

昨天下午开始看《暗局》这本小说,里面的解密太神奇了。在现代高科技的社会里许多事物看似平常,似乎觉得无法用科学的证据解释,其实不然,有许多许多的暗局中隐藏着不大不小的秘密,看得我都目瞪口呆、瞠目结舌。

我负责队里个人事迹的收集写作,对于我来说这是个美差。我本来就喜欢写作,我喜欢把自己内心的东西写出来,晾晒……

…2009年3月23日　　　　星期一　晴

一周的第一天,本应该有一个好的开始,可是我们中队被总教练点了,说是最差的。听了总教练的批评每个人都不舒服,教练发火了。下午刚出操就开始中队集体拔慢步,然后又集体单兵踢正步。一直到16:00我们没有停下来喘一口气,大家都是汗流满面。我相信我们每名队员都是要求上进的,我们也从来没有自私的只知道个人利益,我们明白,全都明白,我们热爱二中队,热爱这个集体。我们懂得方队兴亡,匹夫有责的道理。

　　下午第二课时教练心情糟得很,我们的小碎步没有做好,所以就一直跺小碎步,跺了足有20分钟,每个人都疲得抬不动腿了,后来教练干脆不练我们了,让我们站立。收操的时候到了,他只讲了一句:"18:30集合训练,而且越早越好……"战友们拖着疲惫的身躯回到了宿舍,我也匆匆忙忙地去了广播站值班。广播结束后我看见自己提前给她们打好的饭菜放在桌子上一动也没动,班里的战友们都没吃饭就回去训练了。早春的夜很凉,12℃,我们一直被罚着站立,有一个半小时。穿着单薄的衣服,浑身没有一块肌肉不在哆嗦,回来我就感冒了。

　　一天也就这么结束了……

┈2009年3月24日　　　　星期二　晴

　　周末如期地交了一份人物记录稿,今天又给了我一个新任务,仍然离不开写稿。写作这个东西必须靠灵

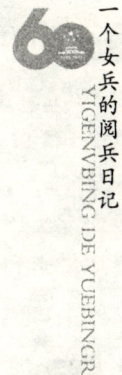

感,不能逼着写,那样写出来的东西绝对不会有灵气,总让别人看了觉得干巴巴的,缺少点什么似的。晚上没有训练,组织我们观看了武警、女民兵、预备役、水兵、海军陆战队、空降兵、飞行员徒步方队的训练录像,看了之后才知道什么叫差距,衣食住行样样都比我们艰苦,可训练成绩比比皆是,比我们强很多。其中最优秀的是武警方队和飞行员方队,力度、整齐度都是我们所没有的,一步两动的反应口令以及跟脚做得个顶个的漂亮,腿线、臂线以及行进当中的军姿都是无可挑剔的。晚上教导员让我们集体写感想,我认为这是非常必要的,我们要做的不仅仅是赞叹,更多的是要去学习,追赶然后到超越。我们女兵方队必须是最优秀的,加油吧,哪怕前方布满风霜,哪怕前方有大风大浪,也要斗志昂扬,一路高唱乘风破浪,不能让男兵看不起咱!我们一定行!

···2009年3月25日　　　　星期三 晴

天气依然很凉,昨天晚上让我连夜赶稿,今天必须出稿,可我没灵感的时候你就是逼也没用。我这个人属于心里有事就睡不踏实的那种,一宿都在构思着雅琪这个人物,从我对这个人不了解到现在必须写得活灵活现……不得已今天不能训练了,必须赶稿了。一上午的时间终于搞定了,轻松了很多。

下午训练,就被教练给飚了。摆臂慢了,今天是小敏打了我的手,教练飚我说我的臂不里合。烦得很,又是老一套,又是甩脸色,让我滚出去自己体会去,心里真的特别恨他。一直拿教练的身份和权力凶我们,从不反思是否自己的教学方式有问题,每次都把责任推给别人,我想利用宝贵的时间训练而不是听他占用我宝贵的时间飚人……

人生的三个忘记:忘记年龄、忘记过去、忘记恩怨。

人生有几件绝对不能失去的东西:自制的力量、冷静的头脑、希望和信心。

⋯2009年3月26日　　星期四　晴

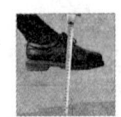

早晨是美好的开始,夜晚是烦恼的结束。晴天带给你所有快乐,雨天淋走你所有悲伤,不论是早晨还是夜晚,不论是晴天还是雨天。愿快乐常伴你左右。

把爱存在心里是最差的储蓄方法,又不能生出利息,不如把它送给你身边的人来温暖她们。

要把与别人相同的聪明用到与众不同的地方。

不要太介意以前那些想起来就脸热的尴尬事,除了你自己没人会帮你记着;忠告和炒菜一样,让别人吃之前,自己要先尝一尝;相信一切伟大的行动和思想,

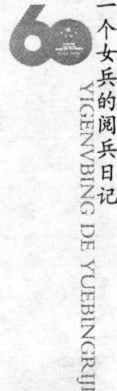

都有一个微不足道的开始。

快乐像香水,洒在别人身上时,自己也会沾上一点。再烦,也别忘微笑;再急,也要注意语气;再苦,也别忘坚持;再累,也要爱惜自己。伤害你的人不是比你强大的就是比你弱小的,如果他比你弱小,宽恕他;如果他比你强大,宽恕自己。按本色做人,按角色办事,按特色定位。当所有人低调的时候你可以高调,但不能跑调;学会忘记是生活的技术,学会微笑是生活的艺术。人无远虑,必有近忧;人有远虑,必无近乐。

懒惰像生锈一样,比操劳更消耗身体。让梦成真的办法就是醒来,说真话最大的好处是不必记住你曾经都说过什么。看自己的成绩莫用放大镜,看别人的不足莫用显微镜;用左眼看到别人缺点时,右眼要审视自己。

···2009 年 3 月 27 日　　　　星期五　晴

这两天一直训练齐步,从那天看了其他方队的纪实片之后方队的教练开始猛抓我们。现在我也不站排头了,只是一个普通队员,一切只需按标准完成。下午收操前的小型会操让我特别诧异,与前半个月的齐步、正步大不一样,几天之内成绩突飞猛进,整齐了很多,方队领导也欣慰了不少,说明我们心中的压力成了我们前进的动力。一趟齐步从南到北还算可以,只是腿累了点,可从北到南的一趟正步让我都快飘起来了。最后的十步都不知道是怎么走过来的,嗓子和胸腔快喷火一样,真怕自己坚持不了坚持不住了。现在看来,当时的担心是那么多余,我可以!

无论站在哪个位置,我都会做好动作,我相信自己。

我写的稿子今天登报了,好美,心里美。

⋯2009年3月28日　　星期六　晴

这个周六没休息,一直训练,可能周一要进行正步考核,教练员只高兴了一天今天又发飚了,我们每个人心里都不好受,每个人都想着到周末可以开开心心地训练,收个好尾,可是一切都那么不尽如人意……

今天感觉特别累,心里也想得到一种释放,可上级不给机会啊!

有时特别想用一种惊天动地的文字来表达内心的想法,想用华丽的词藻去包装自己的世界,可不知道为什么突然变得这么穷了。一切的情感都不知道如何表达,心里空洞过,失望过,但我不曾放弃过,因为我不会让自己的世界有绝望存在,看着一个个疯疯癫癫的战友,心里倍感亲切,我想自己可以永远的是她们其中的

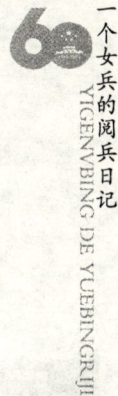

一员,我害怕……

我不爱表达自己的感情,但我深深地爱着这里的一切,爱着这里的每一寸土地、每一片天空、每一丝空气。我希望自己越来越优秀。

我发现自己又回到了高中时代的感觉,狂喜之后又突然的那么悲伤了。别人认为我有文才,可我觉得我只是把自己最深最真的感情用文字来表达,我在快乐中悲伤,在悲伤中快乐!我发现自己不够坚强不够勇敢,我多么想可以像我的战友一样自立,勇敢。

···2009 年 3 月 29 日　　　星期日　晴

在这里休息的时光是幸福的,是任何东西都代替不了的,能给家里打个电话也是最幸福的事,家人的幸福平安是我最大的心愿。

如果你对某种事物厌倦了,那就是你吃完盘子里的美食后对盘子的感情。

···2009 年 3 月 30 日　　　星期一　晴

新的一周新的开始,希望本周自己可以有很大的进步,努力哦!

今天突然觉得自己动作有了很大的进步,心里还算有点安慰。说心里话，每天我做梦都想让自己进步一点，被教练冷落和瞧不起的感觉好难受，怀念自己的位置。

我始终记得小舍的那句话："不论别人怎样，动作永远是给你自己练的！"这句话深刻提醒着我，鼓舞着我！特别想在这段受阅史中留下些特别的事，可总觉得自己那么平庸，永远也不能像想象中那么优秀，也许自己的悟性还是太差，做不到最好。

…2009 年 3 月 31 日　　　　星期二　晴

今天是正步考核日，水平发挥还算正常。在考核前后的一段时间我回到了排头的位置，心里挺不好受的。想着我只是暂借了这个位置而已，它似乎早不适合我了，感受也挺多的。我站过第七名，也站过第九名，当我今天重新回到排头时突然就听不到平日里站在排面中间时队友们的跟腿砸地声了，心里特别恐慌。有时候我恨教练，我是排头你可以用一切方法练我，而不是抛弃或放弃，恨！

晚上练习向右转身时，看到了一颗流星，特别美，生平第一次见到，心情好舒畅。每天仍能听到点排头我也平静了许多！但我会加油，必须超越！

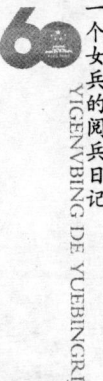

2009年4月1日　　星期三　晴

今天是愚人节。上午的会操我们排没有争到锦旗，但总教练说方队总体表现非常好，所以下午放一个小时的假，15:30出操。但我心情特别的不好，不知怎么了，有时觉得自己很白痴，简直就是弱智。

我开始讨厌我所谓的朋友了，她对谁都假惺惺的，让我觉得恶心，也许我们根本不适合做朋友。我想起了大丹，唯一让我感动的、唯一让我歉疚的朋友，也许一生再也很难遇到那样的朋友了。我讨厌她现在脏话连篇，说三道四，我最讨厌这种人了，可没想到偏偏走眼一开始和她交了朋友。伤神呐！

希望可以快点调整好自己，加油哦！拼是一种信念，而搏是一种信念的升华。人生的真谛在哪里我仍没找到，我想受阅生活可以让我的人生人品得到升华。有时悔恨自己为什么这么平凡，为什么不可以宽容一点，宽容是一种气度，是一种境界。我梦想着自己可以豁达一点，可有时更多的是在找身边人的问题，我觉得她们不够知心，都是那么自私。其实我是一个苛求的女孩，我认为浮浅的人永远无法走近我了解我。我们注定成不了朋友，Byebye！

走开，坏心情，一个人也会很精彩！

…2009年4月2日　　星期四　晴

今天下午的端腿训练让我好惭愧。端腿练习是一中队的教练监督我们,我表现得很好,而且还受了表扬,我心里明白3排教练的到来让我不自觉地提高了标准,平日里教练没表扬过我,的确是我自己放松了自己。我嫉妒动作比我好的人,受不了别人讲我不好……我好失败。

自己年龄也不小了,可整天还是这样。虽然明白很多道理,但似乎觉得自己思想那么贫穷。当我紧张地把手握紧,一切似沙全都流走;当我摊开手心了,不去紧张,不去计较,又得到了所要的一切。我活得不是绝对有主见,不是绝对服从,所以特别累,如果我能任选其中一种生活方式也就不至于此。对过去的耿耿于怀,对现在的斤斤计较,对未来又畏畏缩缩。我知道世界上最难翻越的山不在天边而在脚下,可我战胜不了自己,怎么办?

天天的写写写变成了一种压力,心里变得好烦……灵感没了!

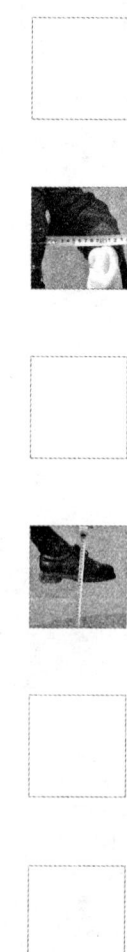

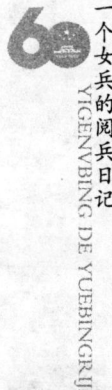

…2009 年 4 月 3 日　　　星期五　晴

我想念"01",我会竭尽全力地做好动作,赶上她们! 我好想念你,"01"!

对不住你,心里每天都难受,我会拼命的,我想你可以重新回来,相信我,我会让你陪我一起走过天安门!

这是我的承诺,我不会让别人碰你的,你永远只属于我!

"01",我们有个约定,我会一直佩戴着你,我们一起回家!

…2009 年 4 月 4 日　　　星期六　晴 20℃

今天是个特殊的日子(清明节),我真想回家陪着爸爸妈妈去爷爷奶奶的坟上看看,很想念他们。心情也算马马虎虎,下午不休息,训练中与教练发生了冲突,很气人,我没错他乱点我,在心里积累了很久的怨气一并爆发,我知道自己这样又错了。

我心里不服气,可我知道教练这样做是有原因的,他瞧不起我,但我仍不觉得自己不行。我一直在努力,但不得不承认人与人的差异。感觉他很器重乔乔,也许这是别人都感觉不到的。我心里有很多想法,可是我不能主控别人的思想,心里很乱也很烦,但我仍然不得不天天一如既往地训练着,天天听着他点我、训我。人不可能连一次挨点都承受不了,只可能是很多事情累积的结果……很失望,可又能怎么样?我只是表面柔弱,弱到教练觉得我是朽木。他对我的态度让我伤心,可我内心的强大是任何人超越不了的,我会越挫越勇,谁都别把我看扁!

···2009 年 4 月 5 日　　　星期日　晴 22℃

特殊的周末,特殊的训练,晴朗的天空也为这个季节增添了几分炎热,湛蓝的天空下心情特别的不一样,也许突然就多了一些别人想象不到的激昂。

我喜欢今天的自己,心情好。我喜欢旭的一句话:"好心情才有好状态。"自己的动作进步了,我知道,这是我自己一步一步努力的结果,真的没有做不到的,只要你肯做,此所谓有志者自有千计万计,无志者只感千难万难,对吧!加油哦!希望每天能像今天一样有个好状态!

虽然没有休息,但心情格外的好!

明天 1984 年的受阅队员共 60 多人来看望我们,所以我们方队要练习合成走,晚上收操前一个小时进

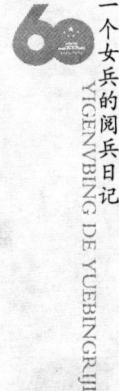

行了合练,队形又恢复了。我——"0801",开始怎么也压不好步幅线,一步大一步小的,队长、教练都很不高兴,可教练已经让我在中间位置呆了很久了,我完全忘记了自己还是"01"号,是他让我成了今天这样的。15个排头中只有我一个这样的跌宕,为什么?为什么他的思维方式如此与众不同?让别人看了觉得我很差,我很恨他,我始终认为自己动作现在能好起来,与他没有丝毫的关系,我觉得他好坏!天天发脾气,每天都摆着一张臭脸训我们,排里成绩一点也没有提高,只要他在别处受气了,那么我们的日子就 over 了。遇到这样的人我就突然变得庸俗了,懂得的道理也都用不上了,只怪老师教我这些道理的时候他们还未出现。

遇到这样的人心酸呐,许多人会做人,人前一套背后一套的,就完全不用像我这么苦恼了!

···2009年4月6日　　星期一　晴27℃

天气比想象中热很多,合成走得很顺利。另外我看得出她回到"04"号后不怎么高兴,"01"本来就是属于我,我绝不会让它成为任何人的!我会努力成为本排面最优秀的!"01"永远是我的,谁也争抢不走的,为了"01"我拼了!

"01"我的,永远是我的!

···2009 年 4 月 7 日　　　星期二　晴 27℃

三公里跑的考核日,气温很高,我又同去年夏天一样开始恶心肚子疼浑身无力……那种感觉真的是特别的痛苦,就像中暑了一样。周五就要会操了,可我依然做不了"01",呵呵……我在冷笑自己,无能!丁字兵卡步幅,而我心里明白卡好步幅也是成为"01"所必须的,所以只能自己单独加小操卡步幅了,心里酸酸的,可我必须坚持。想到以后的日子真的特别恐慌,害怕!年仅34岁的台湾歌手阿桑去了,让我好吃惊,我很喜欢她,最喜欢她的《叶子》、《寂寞在唱歌》、《一直很安静》。人生在世真的特别短暂,可真正该追求什么样的人生呢?很令人深思。我追求的是最好,比现在的每一天更优秀,比别人更突出。我是个力求完美的人,加油,一定要更优秀!

好心态才有好状态!

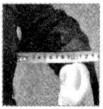

···2009 年 4 月 8 日　　　星期三　晴 27℃

好的状态必须要有好的心情去实现,也许人生中的逆境必须要拥有一颗平常心去面对,生活如同演戏,变幻莫测!

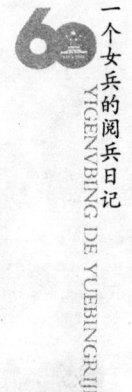

　　人生在世也许就得大度一点，能争取来的咬牙坚持去争取，争取不来的就放手让它走吧，反正你再坚持、再固执东西也回不到你手中，何必折磨自己呢？

　　面对身边的人和发生的事，更不能大动肝火，你连自己是怎样一个人都干预改变不了，又何来冲动去干预别人呢？人不能太贪婪，生活在贪婪中的人会变得心理畸形，所以我必须要快快乐乐的。每天晚上上床睡觉不因一天虚度光阴而悔恨，不因碌碌无为而羞耻……目标的最大价值就在于每天你都在进步而不是一步登天。不许堕落！

　　你行！今天是个特别难忘的日子，我光荣地火线加入中国共产党，这是我盼望已久的事情，当我举起右手宣誓时，我如此深切地感受到了自己对党的热爱，每一句誓词像烙印一样烙在我的心上。"我志愿加入中国共产党，拥护党的纲领，遵守党的章程，履行党员义务，执行党的决定，严守党的纪律，保守党的秘密，对党忠诚，积极工作，为共产主义奋斗终生，随时准备为党和人民牺牲一切，永不叛党。"从此我就是一名共产党员了……

…2009 年 4 月 9 日　　　星期四　晴 26℃

方队来回的正步跋涉让我想 over！

真正的第一次疲了，倦了！

今天用值班室的座机给妈妈打电话，莫名其妙地对着妈妈生气了，发火了。对不起妈妈，我不好，让你操心让你难受了，我是个坏孩子，原谅我吧！本可以自己处理好的琐事还让您劳心，对不起！

经历的多了就能看清一切看淡一切了。希望自己成熟起来，别那么幼稚了，别人看了会笑话的……生活给你提供了什么条件，你就该好好把握现在所拥有的一切！

明天就要考核了，可能是进阅兵村之前的最后一次考核了，下午的训练教练突然让我回到了排头，突然那种委屈感又重升。但我必须调整好自己，我明白我的努力没有白费，相信努力就有成绩，坚持就会胜利！

…2009 年 4 月 10 日　　　星期五　晴 26℃

今天是考核的第一天，预计到明天才能考核到我们排，前几天自己的动作的确有了很大的进步，可这眼看就要考核了，我走正步又开始落胯了，愁人！楠楠说

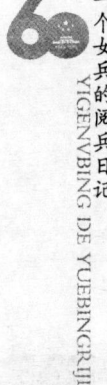

我:"前段时间在中间见你踢得也挺快嘛,怎么一回到排头就这样了?"我知道她在激励我,她希望我一如既往地努力,我觉得自己就是没志气,回到排头就安然了?我讨厌这样的自己,不努力的话下一次会有更多的人来抢你的位置。

我跟宿舍的战友们说:"我不知道怎么搞的最近老做特别奇怪的梦……"我心里知道自己想家了,想爸爸妈妈了,我始终认为家人是我心里最柔软的地方,也是我最想念的,妈妈总说来看我,我总讲不让她来,其实谁的心里能不想家不想妈妈呢?8个月没见到妈妈了,心里有时候会觉得空荡荡的,我知道爸爸也挺想我的,只是他不善于用语言表达自己的感情,所以每次打电话都不讲什么。

那天打电话我问妈妈:"为什么自己做什么事都做不好?"其实很明显我是在抱怨。我是个贪婪的人,是个永远想争第一的人,虚荣心、嫉妒心让我天天活得压力很大。但人又不能不求进取,所以必须处理好这其中的微妙关系。

···2009年4月11日　　　星期六
雨—阴 16～21℃

第一课时我们考核,这次考核对能否进阅兵村至关重要,每个人也许又多了另一种难以言表的心理。戴政委讲最优秀的不一定是最合适的,但愿我属于那个最适合方队的。

戴政委在今天下午的授课中讲到了人员退出问题,心里还是不太同意他的观点。我认为不到"十一"走过天安门那一刻你就什么也不是,加油,冲锋！今天听说她们有人写什么教练训练语录,觉得很有意思,我准备也要做个语录集——《博叔语录》（博叔是我们张教练）：

"我看你们是日子过得太舒坦了,想找刺激吧,想找死吧,今天就让你们知道死字怎么写的！"

"看看,那多……慢呀！"

"压脚尖,天上的飞机都被你们打下来了！"

"我腻歪死你们,练得你们哭。"

"行啊,好啊,动作不行练思想,思想不行练纪律,纪律不行练作风,作风不行那就练体能！"

"找死,连贯动作,吃货,一个个闭了！"

中间休息回到训练场上——

"一个个吃多了吧,小肚子收起来,吃货。给我收了!"

"中午又喝了二两吧。"

总结发言的开场白——

"我想说的他们都说了……"

做错动作的——

"报告!""报告什么呀报告!""报告,做错动作了!""闭了!""是!""是什么是呀!"

哈哈,他的语录现在只是九牛一毛,还有更精辟的以后再续。

…2009年4月12日　　星期日　晴

今天,换上了新式春秋装。

陪我走过严冬和初春的冬常服收了起来,可有那么多的舍不得,在我最冷、最伤心最难熬的时刻,它一天都没有离开过我,上面沾满了我的汗水、泪水,它记录着我训练的经历,被我踢破的裤脚,磨毛了的裤边,摆臂擦白的裤缝……

冬去春来,天气转热。考核过后的冲刺,一切都在前进。希望自己的动作也可以天天进步,保重——我曾经穿过的衣物!

···2009 年 4 月 13 日　　　星期一　晴

今天天气异常炎热,训练中方队有 32 位战友晕倒了,我们中队就有 16 名。的确,在训练过程中我也相当的难受,每踢一次就感觉快飘了,快虚脱了,那种咬咬牙心里对自己说"坚持"的感觉很伟大!穿上了新式军装把裤脚都挽了起来,只怕是不采取点预防措施两天就被我们这群猛虎踹破了……呵呵。

奇怪的下午装束:海军裤、陆军式衬衣,卷沿帽,穿着宽大的裤子突然觉得状态特别好,真正感受到了什么是踢腿如风……

···2009 年 4 月 14 日　　　星期二　晴

昨天下午突如其来的沙尘暴过后,今日天空依然湛蓝。与其活在灰色的天空里,不如天天给自己一个新的起点,新的开始,新的心情,让一切美好起来。教练啊,你该好好调整一下自己了,我们每天都生活在你的白色恐怖之下。唉,可又有什么办法呢——只有服从。看见别的排面可以休息可以活动一下,我们羡慕死了,哪怕是 10 秒钟也足够足够了,可这都是奢望。我们的心里冰冷冰冷的,老早以前的那个他怎么也找不回来

了……每个人心中的压力都很大,都不知道未来是一种什么状况,摸不清线索。

口号一:"三军女兵,听党指挥,服务人民,英勇善战!"

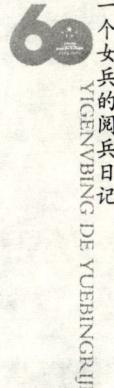

···2009年4月15日　　　　星期三 晴 16℃

今天天气骤然变凉,只有16℃,坐在训练场上学歌冻得每个人直流鼻涕,中午才知道今天是张教练的生日,在这里祝他生日快乐吧!今天一天他可没少整我们,错一个动作就绕着二排、七排、一排跑,快跑死了,回来还要继续踢正步……无奈又无语,一个1989年出生的小孩儿怎么会这样促狭呢?

其实每天说那么多教练的不好,仅仅是发泄一下而已,我们都不记"仇",都可以换位思考,也许他年龄太小所以这方面做得略有欠缺,虽然我们也有不理解在其中,可事过了就忘了。今天妈妈从老家来北京了,想来看看我的,可是现在方队禁止接见家人,所以就见不到妈妈了,心里蛮难受的,可没有任何办法。只要以后有了出息一定好好孝顺家人!加油!

口号二:"三军女兵,勇往直前,奋勇争先,团结协作,争创一流,不怕艰难,誓得第一!"

在这里的每一天都必须调整自己,否则你的训练就等于零。

心态非常重要,相信自己可以成熟那么一点点了!杨絮漫天飞舞,脸上很痒,眼睛也容易迷,可没有一个人因为杨絮的干扰而打报告。加油姐妹们,我们最棒!

···2009 年 4 月 16 日　　　星期四　晴 26℃

教练又发火了,搞得每个人的心里都怯生生的,可心里也明白他不是针对某个人,只是为了我们的动作。昨天送给了他生日祝福,本以为今天的日子可以好过一点,可没想到日子一如既往。可怜的小敏又一次因为脸被晒伤停训了,心态无敌的她天天还挺乐呵。

今天教练又突发奇想,向穿着偌大的迷彩服的我们要干劲儿!他问我:"段学敏,下午能把后背湿透吗?"

我愣愣的,怕自己湿不透挨骂,所以不语。

他又继续往下问,全班的人除了我都说能,结果教练就让能湿透的一边体会去,我们不能的自己随便吧。啊?!

我好无奈,是自己太实在了吧,才会这样的。回来宿舍她们也说其实湿不透……。

不能太实在了,太实在了属于挨打的!

每天训练中不时会有成丝的东西附在脸上,好痒啊,可是一动也不敢动。楠楠这几天老挨点,心情极度

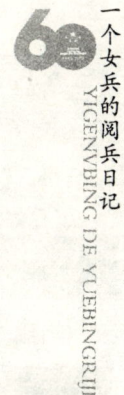

的不好,其实谁也有低落的时候,只要看开点就什么事儿也没有了。妈妈还在北京可是我见不到,心里挺难受的。唉,怎么这样呢?好烦哦!我虽然没有讲给妈妈说我有多想她,但八个多月没见了我能不想见她吗?每个人都有脆弱的一个角落,我亦如此!但我必须坚强,因为我是三军女兵!我的慢性子让自己每天的生活无比忙碌!

···2009 年 4 月 17 日　　　星期五　晴

明天就要考核了,步幅卡得也是马马虎虎,不知道……心里紧张,是教练说的第二种原因,开始保持不好,所以怕是要拿的时候都拿不出来。

加油练吧!明天上午考核完就可以休息……挺累的!

···2009 年 4 月 18 日　　　星期六　晴

今天上午的会操考核突然取消了,好在取消了,自己今天状态一点也不好,但中队定在 10:40 会操,其实也没什么紧张的,一步两动刚走了几步,打分员就在那说步子大了一点,心里有点慌了。我不喜欢这个时候有人提醒我,因为我心里并不清楚大是大多少和小是小多少,所以也不知道该怎么调整步幅,她这样一说我反倒慌了,就这样最后整体步幅小了3-5厘米,连贯正步小了3厘米。唉!教练狠狠地拍了下我的帽沿,把帽子拍到了我的脸上。下午原以为又没好日子过了,可教练却出其不意地对我们好了,原来是这次成绩尚佳,而且还说他以后再也不发火了……我是丈二高的和尚摸不着头脑,太不可思议了。第二个课时来临时,又让我大吃一惊,来回拔正步没休息一秒,太可怕也太可恶了吧,我们踢了十几趟后教练才让我们蹲下,啊……想死的心都有。标准蹲姿,腿又酸又疼,浑身都在颤抖,妈呀……痛苦。汗把衣服都浸透了,衣服都贴在了身上,心里有种说不出的难受。晚上休息了,可我累得怎么也睡不着,心里酸酸的,是苦涩的味道!

···2009年4月19日　　　星期日　阴

昨夜的一场大雨突然将气温降到16℃,天气好凉啊!今天和妈妈约好了来看我,心里有点激动。一大早就请好了假,等到九点半,妈妈发信息来说到了,我顾不得一起陪同我的排面长和班长,早把她们甩向身后激动地奔向营门口。二姨,姨姐,彦文哥,舅妈都一同来看我了,妈妈眼里噙满了泪水,疼爱地把我拥入怀里,亲吻着我的脸颊。看到我迷彩服上的汗碱,妈妈问:"这

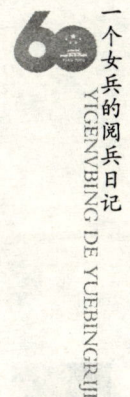

是怎么了?"我笑着说:"没有什么,是汗而已……"我看到了她眼里的泪花,所以没有继续讲。只待了十几分钟,妈妈就走了,走的时候我看到妈妈是那么的不舍,我极力地控制着自己的情绪,只是不想让妈妈更难过,自己现在不能软弱,我必须也唯一可以做的就是以优秀的成绩回报妈妈,让妈妈在十月一日那天在电视上看到我的英姿。妈妈,我写了这么多的东西,似乎从来都没写过您和家人,别责怪女儿,女儿是怕提到你们自己又变得软弱,怕自己情感上太依赖你们而不能独立,不能自强!

　　…2009 年 4 月 20 日　　　　星期一　晴

　　这几天天气突然变得不那么明朗了,在 5 级大风中我们必须调整好自己的状态,必须一点儿也不能分神。更改到今天的会操又一次推迟。在大风中我总算是能稳那么一会了,不像以前似的,风一来就倒。现在在我的努力下几乎可以不倒了,这算进步吗? 我认为算。不论别人认为我怎样,我永远也不会否认自己的。我相信自己可以,一定可以。来了这里渐渐地成熟了,很多事情在别人眼里看来我依然还是那么幼稚,但我欣赏这样的自己,不管别人议论什么,我只想做好我自己。

　　朝朝有时候说话一点都不给我留情面。今天下午收操了,大家坐在一起聊天,她当着全班人的面说:"你是不是一回到排头就不会踢了,我看你是不能当排头了。"我当时很尴尬,真的不知道她故意与无意的成分各占了多少,心里酸酸的。反正我知道自己在进步就可以了,别的我不在乎。

2009年4月21日　　星期二　晴

大风似乎在早晨有点要停的意思,会操8:30开始,我们排抽到第3组。过程中我一直自我感觉良好,可成绩——6.285分,是全方队最后一名,其他排都是7分以上。听到这个成绩,我满含泪水。平日里的汗水不比别的排流的少,可成绩……

"今天主要是看步幅,排头都没卡到步幅,成绩怎么能好?"各种各样的议论都有。豆豆回来也甩脸色,我知道大家的心情是一样的,谁心里都不好受,可为什么都不自我认识一下,只知道推卸责任呢?而我今天的确是卡了步幅的……

心里很不痛快,乔乔的正步是比我好,所以在会操中她一直都是独树一帜,自己走自己的步幅……听着别人的埋怨,我什么也没说。当中午看到队长时委屈的眼泪一股脑儿全泻了出来。队长说今天我表现得已经很优秀了,而且步幅也不错,只是全排没有一名紧跟一

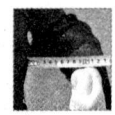
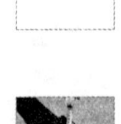

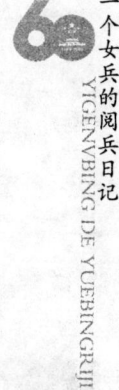

名,所以步幅才会整体不好的。队长这么说我才安慰了点。人都是那么的自私,到发生了事情的时候,责任全推得一干二净,与自己全无关系。谁能知道我这个排头做得如此辛苦。

晚上加小操,我和朝朝一起卡步幅。刚才那会儿大概豆豆惹到她了,她就在我面前大说特说豆豆……一说就说到了昨天考核之后的事情,她说昨天她们一起议论我,朝朝就说:"考成这样她能不能当排头啊,快点换了吧,让乔乔当吧……"听了她讲述的这些,我心里只剩下伤心。为什么要告诉我这些呢,为什么啊?我根本就不想知道这些的,原本我还可以欺骗一下自己,告诉自己你们还是我的朋友,现在你让我变得只身一人……好伤心!悲哀!我们竟然什么也不是了!想念我的朋友们!

···2009 年 4 月 22 日　　　　星期三　晴

爸爸,很想你,妈妈来看我了,我知道你工作忙脱不开身,所以不怪你。每次给家里打电话,总是和妈妈说的多,和您却变成了几句寒暄,有时会觉得妈妈好亲切。其实我知道您是不善于用言语表达自己的情感,知道您也很关心我很担心我,您和妈妈不一样,但我依然能感受到您对我的爱。

可有时总会有意无意间冷落了您。对不起,爸爸,我以为自己的行为没什么,可我忘了您内心其实渴望我可以和孩时一样缠着您,在我心里您永远是我的好爸爸!

您用沉默告诉我必须坚强,

您用严格的要求教育我必须自尊自爱,

您要求我自立,

您说我本应该很优秀。

在您口中从未表扬过我,因为您想让我更加优秀。在您眼中我仍然是小孩,因为您想当您放手让我独立时我可以更成熟。父爱很博大。

···2009 年 4 月 23 日　　　　星期四　阴—雨

昨夜下了一场雨,今天早晨天气略有凉意,风中仍夹杂着丝丝雨意。方队马上就要退人了,心中的担心不可能一点也没有,突然觉得心里空空的!我想我一定是想爸爸了,想念他的眼神,想念他说话的语气,想念他的幽默,想念他对我的关心爱护,想念他的每一句催促,想念他为我做的每一顿饭。我知道他也在想我,只是他不善于用语言表达。

下雨了,下午进行了室内三个半小时的军姿训练,室内的空气快让人窒息了! 小曹、雪儿、排面长和郭琴

等今天离开了方队,每个人心里都酸酸的,愿她们转身离开方队后拥有一个更华丽的开始!

…2009年4月24日　　　　星期五　阴

大风又一次袭击,上午电影《方队》在我们方队举行了开机仪式,我有幸演了第80场的群众演员,就坐在演员戴蓓蓓的后边,正对着镜头,不知道拍到我了没有。这场戏是饭堂戏,我一上午除了坐在那里吃什么也没干,一直吃到中午方队收操,真是撑得我中饭一口也吃不下了,现在才知道做演员也这么辛苦。

这几天总有一种凄凄冷冷的感觉,也许是因为有部分队员要走的原因吧!我代表留队的队员写了发言稿,晚上是第5次集体生日晚会,也是我们在良乡的最后一个集体生日晚会了,预示着良乡集训队的生活就要结束了!刚刚苏苏给灵儿生日祝福中的话让很多队友都落泪了。

"在这4个月里我们一起吃苦一起受累,一起哭一起笑,风里雨里一起走过……"

话还没说完就哽咽了,每个人都抹泪了。回头想想我们一起走过的这132个日日夜夜……酸甜苦辣都要较常情浓烈几倍,我们的感情也无人知晓无人能及!我期待着电影《方队》拍摄能圆满成功,也希望它能真实地反映我们在方队生活、训练的一点一滴,让世人共睹三军女兵光荣背后的辛勤付出!

⋯2009 年 4 月 25 日　　　星期六　晴

北京的大风呼呼的就没停过,但我们的训练必须是风雨无阻,现在早已习惯了大风中慢步。哈哈……是不是好傻的感觉,可对于我们来说就是一种进步,自己在风中每稳稳地踢一步心里就会窃喜,因为那就是我们的进步!

快要重新分排面了,真的不知道以后会在哪里,会不会还原样如初……不想提这些的,提到心里就会犯难!

⋯2009 年 4 月 26 日　　　星期日　晴

天气格外晴朗,连一点风都没有,很多队友即将在这个春暖花开的季节离开。我们日夜盼望的星期天休息也被剥夺了,剧组的人根本就不会想到我们是怎样辛苦地盼望这一天的。终于盼到了可是休息取消了,我们要帮剧组拍片……大家心里都很不爽,可没一个说不的,起床,打扫卫生,一如既往,还是周末只是不休息!

剧组的大叔们为我们考虑下吧！我们平日里不休息就算了，周末也……太过分了吧！

今天8排队友们拍照留念，阳光格外刺眼，泪水充满眼眶。

我没有选择排面的权力，不争不抢，顺其自然。其实谁心里都知道谁是怎样的，当然我也不傻，有些人无所顾忌地会在众人面前揭你的短，在众人面前把你说得脸上挂不住，而平时看似关系还很融洽。此时再也不用费尽心思地做朋友了。其实很多时候你没必要要求别人怎么对你，你也根本要求不来，不要把你对她的好作为一个她必须回报你的理由，那样你会输得更惨！既然知道是"小人"，那么远之，话可以说，但密语不得讲。人生就是这样，有些朋友就像饭菜只是用来充饥解饿的，生活总有你一个人面对的时候，没有那么多人会围着你护着你，心情、心态永远都是自己的！开心每一天！

美丽心情靠自己，加油！让自己成熟起来！

…2009年4月27日　　　　星期一　晴

一天的时间全部用来配合剧组拍摄了，突然觉得空虚了好多，真的是一天不训练心里就发慌，真的特别慌，害怕自己的动作一天不练就地动山摇。

···2009年4月28日　　　星期二　晴

经过基础训练阶段,71名队友因伤因病退出了方队,准备返回原建制部队,离别的伤感此时已化作内心拭不去的眼泪,退队的战友们今天准备离开,上午我们一起拍照留念,下午召开了离队队员表彰大会,我们在不舍中送走了战友。相处的这4个月里,我们一起苦一起累一起哭一起笑,我们相互温暖着走过了最寒冷的日子……战友,一路走好!幸运的是我们班一个都没退。以后我们肩上的担子会更重,从这一刻起我们身上背起了离队队友们的希望,背起了她们未了的心愿,背起了一种更大的责任,为了我们的共同目标再努力奋斗!退出方队的战友们人虽然离开了方队,但她们的心仍然与方队同行。向全体离队的战友们致敬!

···2009年4月29日　　　星期三　晴

上午又是配合剧组拍戏,因为是静站的戏,所以晕倒好多队友。11:00开始训练到12:00汗水已经浸透了整件衬衣。

下午重分排面,我们8排一直从14:00等到19:00,

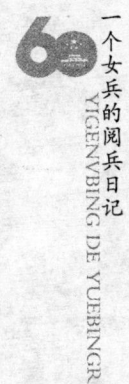

我被调到6排面的第一名,心情竟会如此的复杂。也许一切都是天意吧,自己似乎却毫无预感会要离开,但终究还是离开了,教练没有丝毫的色变,现在看来以前我为教练训我所找的那些借口都太冠冕堂皇了。心里的悲伤到此为止,离开也许是件好事,我想一切可以顺其自然!

…2009年4月30日　　　　星期四　晴

从此我就成了"0601",呵呵,其实心里蛮不是滋味的,舍不得和我相处了4个月的8排队友们。早上的训练第一次让我觉得吃力,我很用心地去做好每一个动作,生怕自己出一点错,怕教练骂我,虽然以前也跟着陈教练训练过但从开始心里就特别惧他,唉!早操结束了,我的汗湿透了前胸和后背,只有我自己心里清楚,早上的训练我是怎么使劲的,突然觉得有点对不起张教练。她们说这队列位置还没有完全定,还有微调,上午我在训练的时候,突然被付教练叫走了,我去了一看所有排头都在,乔乔也在,原来是为基准兵做着最后的定夺。张教练过来在跟队长讲话,我明白他肯定是在讲基准兵的事……我们几个排头一起比踢腿,比动作协调性,一会儿张教练把乔乔叫到身边说:"你腿踢得慢

5月1日进驻阅兵村前的会餐

了点,身高矮了点……"教练那么器重她,争着抢着要她,可我听到心里酸楚得很。想当时我走的时候他连一句勉励的话也没有。楠楠对说我:"你走了也好,起码陈教练会对你好点,反正你在8排也没有重视过你,在他心里器重的只有那么几个人,你现在走了还可以再提高动作!"我知道她说的都是事实,可有谁知道一个跟了他4个月的排头现在在他心里竟什么都不是,该是什么滋味,呵呵,可悲吧!

所以坚信自己以后一定可以在逆境中练得更好。我不服,我永远都不服输,我相信阅兵是要看个人能力。

不知怎么回事,上午方队合成时,我竟被6、8排教练互换又回了8排,似乎有点失望,似乎我永远都逃不离我的"冤家"。

中午回来听到大家在议论教练偏心眼。谁不想争第一,谁不想当排头?竞争无处不在,竞争无时不有。心里明白我和乔乔在8排是最大的竞争,谁不想风光地站在第一位成为一个排的基准。

中午给妈妈打电话我哭了,心里好难受,觉得自己现在过得没人器重好悲惨!

2009年5月1日　　星期五　阴—雨

上午仍然训练,可据天气预报讲今天有雨,上午不休息训练两小时,这也许是我训练以来汗流得最多的一次,整个人就像跑了十个三千米一样,身心疲惫!

可喜的是下午终于休息了,开心了很多。晚上方队集体组织会餐,一共14个菜,吃得我们爽歪歪了,好久没有这么开心、放松了。

2009年5月2日　　星期六　晴

今天又是一个特别值得记录的日子,5月2日不休息,我们拍电影去了。剧情是我们在烈日、暴雨下站军姿。我们二中队全体都去了！刚拍完烈日下的剧情,紧接着消防队的水龙头登场,我还是第一次见识消防车的水龙头,水势猛烈！我们开始拍站立在倾盆大雨中的剧情,"雨"来得太急太猛,连呼吸都困难得很。我们能感觉到冰凉的"雨水"顺着身体的每一条曲线滑落,此时让我对雨有了一种特别的认识。从9:30一直到12:00,我们站在"大雨"中一次又一次地拍着这组剧情,于政委为了给我们鼓劲,也站在"大雨"中陪我们一起站军姿。我紧闭双唇用力咬着牙齿,全身颤抖,每有一点小风吹来都会让我哆嗦半天,衣服湿得透透的,贴在身上,每分每秒都在煎熬,默默祈祷快点结束吧。终于结束了,我们飞奔回宿舍,衣服的温度加皮肤的温度也只能等于零度,本想赶紧冲个热水澡,可是打开淋浴——全是失望,用比雨水高一度的水硬着头皮冲了个澡,毫无疑问地要生病了……可是最后竟没有一个生病的,连我自己都不相信自己的防御系统会如此的强大。是啊,这5个月的特别训练让我们身心都强悍起来,一切的硕果都将会在以后的工作生活中发生重大的意义。

…2009年5月3日　　星期日　晴

按照阅兵指挥部的要求，明天就要离开良乡进驻沙河阅兵村了，一到收拾行李的时候我就头大，忙忙碌碌的终于把行李都装车了。下午方队召开了进驻阅兵村誓师大会。为了明天早上不至于太慌张，我把被褥全都装入了背囊。呜……幸好小凤排面长收留了我才安然过了一晚！睡了，明天3:00就得起床，3:40就要装车完毕……

累了，晚安，期待！

沙河阅兵村风云再起

2009 年 5 月 4 日　　星期一　晴

早上 3:00 起床，3:30 开始装车，院子里人来人往的。良乡训练场上的灯最后一次为我们点亮，为我们送行，我不禁想起了进驻北京那天学校为我们送行的场景——那种似曾相识的感觉。

又要离开熟悉的地方了，再去一个陌生的地方，心里是欣喜，惶恐，不安……

汽车驶入沙河阅兵村，第一眼看到的是女民兵方队。她们从阅兵村营门口排成长龙迎接我们的进驻，黝黑的皮肤挡不住坚毅的眼神，总归我们是对手，能否争得第一，还得看今后。

阅兵村有着宽阔的飞机跑道，这是我们的训练场地。周围是大片的黄土地。生活条件在我们的预想中，所以没有吃惊，没有失落。我们住在一排排整齐的简易板房里，宿舍的地面是用红地砖铺的，每个宿舍 14 人，厕所在 200 米远的围墙外，暂时没有澡堂……

我们迅速地将室内卫生整理到位，下午 16:00 开始训练，一切又开始了！偌大的机场跑道让我失去了在良乡训练时候的感觉，可能需要一个适应的过程吧，我知道现在能站在跑道上训练的每名队员都是那么自豪，那么荣光！我们三军女兵必须争第一，进驻第一天很

累,但很激动!(我们偷偷地在水房洗了一次澡,每个人只有一壶热水,但已经很满足了。)

…2009年5月5日　　星期二　晴

一如既往的训练生活,累得让我提不起笔!

…2009年5月6日　　星期三　晴

天气越来越热了,在这里最最痛苦的事情竟然是洗漱,现在时间紧张连洗脸也排不上,天天那样出汗,洗澡更是妄想,哦天呐,这简直太糟了!本来洗漱可以是睡前最惬意的事情,可现在?!

开始了中队多排面、单排面的合练,时间过得不如我想象中那么快,但也不如我想象中那么累。在这儿真是把一生的苦都吃尽了,以后再也不想这样了,如果真是这样那么就让所有的苦难都来吧,以后再也别吃苦了,我怕了,天天中午顶着火热的太阳拔草,还得给宿舍里的蚂蚁"搬家"……

自从来了沙河阅兵村,我突然觉得生活除了训练就再也没有别的什么了,变得格外空虚!很难过,住在这种简易房子里好热,热得让人恼火,但我们心里都非常明白,现在不多忍受点到了以后的几个月就更要抓狂了,希望传说中的空调可以早日安装,到时候就可以舒服一点,好累!

⋯2009年5月7日　　星期四　晴

汗水……一天生活的主角。

当晚上收操前的最后一次合练从教练口中说出之后,每个人都终于盼到了尽头,我们竭力地做完这最后一次,可教练十分不满意,所以又不得不再来一次、两次……再次听到收操哨之后,教练仍说:"来,再来……"不知道是一种失望还是一种希望,可我们每个人都在竭尽全力,每当这个时候就觉得自己活在希望与崩溃的边缘!教练终于……满意了!收操讲评,政委说:"我知道这几天大家很辛苦而且也特别累,但每个人劲儿都很足,我希望大家坚持再坚持,不要被眼前的困难击倒,你们都很棒,是我们所有领导的骄傲……"听着这样的话心里暖暖的,酸酸的。

"咱们晚上看电影!"政委说。

眼泪在眼眶充盈着,有的战友眼泪夺眶而出。其实我们的心底都那么的脆弱,那么的弱不禁风,别看在训练场上我们如同热血男儿,从不因为训练的苦、累掉眼泪,但就是在这种温柔的关爱里会感动得一塌糊涂!

中午去打扫水房和厕所卫生,回来的时候突然觉

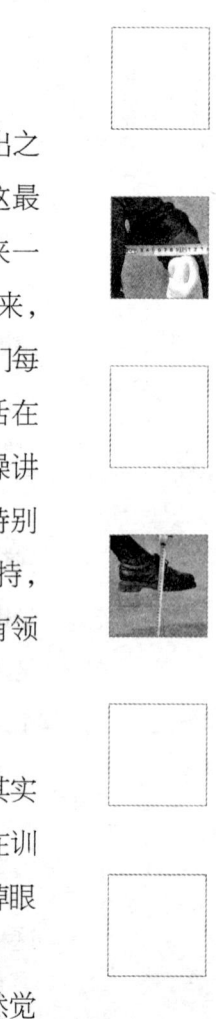

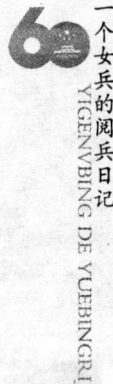

得腹部有一种刺痛的感觉,像被虫子咬到了一样,我用手抓了抓,正要解扣子的时候,战友们叫到:"衣服里有个大虫子!"我狠狠将那只家伙捏出来,仔细一看像蜜蜂一样的东西,阿娇说那是一种变异的蚂蚁,刚刚被咬过得地方半秒钟不到就又肿又疼,钻心的疼!宿舍里到处都是蚂蚁洞,厕所和下水道天天堵臭气冲天,生活怎么这样了!来了几天还没打过电话,想念也占据着我的心,每天抢不到那个公用电话!

中午顶着烈日和教练一起在跑道上画步幅线,我们没有先进的工具,只有尼龙线加墨汁,墨汁弄得到处都是,衣服上、手上、脸上,哎呀,原始社会来了,好痛苦呐,中午不能休息下午还要训练!这几天在跑道上训练,每天都是又热又困,睡不醒,很多人讲都要有晕倒的趋势了,我昨天也出现过一次。睡觉时间很宝贵,但我还是要挤时间写日记来减少自己的空虚,我想要充实一点的精神生活!

⋯2009年5月8日　　星期五　晴

晚上没训练,我们女兵终于有了澡堂,大家开开心心地洗完澡就休息了。我排了好久的队才打到电话,欣喜地拨通了家里的电话,听见了家人的声音,含泪微笑,心情还蛮好的,虽然累了点热了点,但心里挺舒畅的。还有 4 个多月这段特殊的生活就结束了，时间过得会很快！

今天给爸爸打了一个电话，爸爸特别开心，我的心能感觉到。明天就是爸爸的生日了，祝您生日快乐，健康平安——我亲爱的爸爸！

⋯2009 年 5 月 9 日　　星期六　晴—阴

今天我们班刷碗，时间一下子变得好紧张，好在心里有点安慰，大家都很确定地说明天一定会休息，呵呵！我觉得只要日子有盼头，一切都会那么轻而易举地被我战胜！

5 月 11 日的单兵考核，领导们都很重视。昨夜下了一整夜的雨，今天天气凉爽了好多，加油！

晚上全方队模拟单兵考核，我们都有不祥的预感，明天的周末肯定泡汤了……结果怎样了？我不想写了，日子也就这样了，与周一那么"恰到好处"地接了轨——训练！

每个人真的都很疲惫，可只能对自己说坚持！

...2009 年 5 月 10 日　　　星期日　晴

今天是星期天,女民兵方队悠闲着,我们在训练场上一如既往地挥汗如雨。为了取得好成绩,训练场上从来不分男女,在同样艰苦的条件下我们绝不会输给男兵,更不会输给女民兵。上、下午操课时间全部提前,7:40 集合训练,吃饭上厕所都成了一种负担。起床只能提前到 5:30,挤时间整理内务。嘿嘿,晚上不训练要整理内务,明天副部长来,这也该算是一件好事吧,至少算得上是调整休息了吧。可是一切都是要付出代价的啊,整理内务的标准极高,一个晚上我们都蹲在地上一个砖缝一个砖缝地用毛巾擦着地板,22:00 队长开始验收各班卫生,可我们班太衰了竟被队长给封杀了,不打扫好卫生晚上不许睡觉,洗漱时间取消。看着别班的战友端盆洗漱要睡觉的架势,心里阵阵不爽。一直打扫到 23:00,卫生终于通过了队长的认可,我们开始准备休息……零点了!

明天早上阅兵方队指挥部首次将 14 个方队集中,首次进行升旗仪式。5:30 集合,5:40 到场,整理卫生,洗漱等等,所以我们不得不 4:50 起床了。考核时间大约在上午,所以 7:40 集合,时间怎么就那么赶呐? 晕了……

…2009年5月11日　　　星期一　晴

　　新的开始，从早上睁开眼到现在就没有走着路干活，全部是跑步，如果不跑那么你一定会被时间逼得很惨……写日记的时间简直比挤没有内容的牙膏还要难，晚上不允许用任何照明工具，我就躲在被窝里偷偷打开手电把自己包裹得严严实实的，喘着粗气写啊写，汗水把我的小猪睡衣都湿透了，隔几分钟我就把脑袋探出来呼吸几口新鲜空气，我依然坚持着写完今天的日记，因为这是我的至爱，永远也丢不掉！

　　上午在我们忙碌的日程计划中副部长没来，估计下午来，所以中午我们又不能休息，必须更加细致地打扫卫生。打扫啊，打扫！拖着这身散了架的骨头干活，大口大口吞着饭，为了快点再快点，喝着滚烫的汤烧得嘴里却没了感觉，上厕所飞奔着，唯一可以休整的时间是集合开饭前唱歌的时候，唱着歌，听着自己沙哑的嗓子，泪水，汗水一起哗哗而落。

　　不知道是汤太烫了还是怎么了，眼泪那么不自主地夹在汗水中一起滴落在碗中，打扫完卫生已经13:50了，14:00集合训练……生活就是这样，让你不得不长大，不得不成熟，很多很多不能表达！

　　考核时间定在了晚7点，步幅对于我来说好有压

力! 考核中步幅差了6厘米,加油哦,苦难是一所学校,加油,不怕!

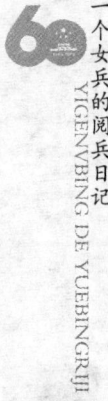

…2009年5月12日　　星期二　晴

今天进行单排面考核和方队整体考核,我们排的单排面考核走得挺糟的,当时刚好有一架直升机飞过,脚音根本就一点都听不到,平日里的默契全没了,只听到头顶上直升机隆隆的声音,但方队整体考核走的是我们自认为有史以来的最高水平,考核完带回到训练场的时候看到的是方队王总教练铁青的脸。

"成方队授课队型,前三列蹲下。"

王总教练特别生气地说:"你们都给我蹲好了,任何人都别给我动一下!你们怎么今天就那么不争气呐,当我在观礼台上看你们单排面考核的时候我都脸红啊,我真巴不得地上有个缝钻进去,你们真是丢方队的脸,丢方队领导的脸啊!训练成这样你们让我怎么跟方队交代?我看你们是休息多了,一个个的都知道舒服好,都到什么时候了!你们懒够了吗?晚饭也别吃了,从现在开始,你们从这(最东头)走到仪仗队的训练场(最西头),然后再回来。"蹲着的这20分钟,我们一动都没敢动。

我们就这样走着齐步,一直走着,教练不停地提着要求责骂着我们,说着今天的考核!也不知道几点了,只是觉得天气特别闷热,太阳一点点西移刺痛着每个人的眼睛,脚磨破了,长泡了,出血了,一趟的距离是五公里,来回就是十公里,一个标准地走着,没有一个人敢懈怠,其他方队都陆续收操了,只剩下我们一个个单薄的身影在漫长的飞机跑道上走着齐步、正步、分列式。泪水在眼眶中打转,我不想让它涌出,心里只想着就这样的走吧走吧!副方队长开着我们方队的阅兵车在最西头找到了我们,命令各排教练立刻带回,可现在带回的意义是什么?证明还有几个关心我们的人?事实上我们依然得以同样的高标准走回到五公里外的东头训练场。带到东头训练场上方队长要讲话,我们又成了授课队型,抬头刚好看到火焰般的晚霞,美得让我伤感!

"同志们!你们累吗?"

"不累……"大家顶着疲惫喊到。

"今天考得好吗?"

"不好。"我们不知该怎样讲!

"我想今天的考核结果值得我们378名队员深思,训练了4个月,汗水、泪水一起陪我们度过,可我们收获的是什么,是今天的失败吗?你们是可爱,可敬,可信的孩子们,这是对你们的最高评价啊!我作为方队长,今天的事情责任重大,我能力有限,没带好我的方队。

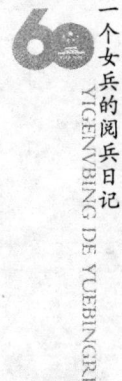

一直以来我是那么相信我的这群孩子们,我相信你们,相信我的这群孩子们的毅力,你们的坚强、刚毅让我感动,让我落泪,晚上本来想给大家吃饺子,可现在饺子也全成片儿汤了,让我们同自己的眼泪一起吃下,然后从今天摔倒的地方爬起来,继续……好了,此时的泪水只能表达你们现在每个人的情绪,除此什么也代表不了……"

听着方队长的讲话,眼泪一刻也忍不住了,每个人都哭了。这是什么样的眼泪,只有我们自己知道。生活、训练全都是疲惫,可成绩等于零,伤心,特别伤心!我们付出了那么多,结果是什么?抬头仰望晚霞我在努力克制自己的眼泪,泪水吞落在肚子里,咽下去……

5.12 难忘的一日,一日!

一切都要咽下去!

来到沙河以后的日子变得难过了许多,生活苦难了很多,相信自己!可能由于先天的原因,我的膝盖就那么容易的又一次受伤了,由于压膝盖很困难,我的动作现在又一次沉陷。自己的动作是悬崖勒马奋力挽救回来了,我心里明白,好动作必须得巩固。我心里全是不甘,良乡时我们基准兵那是考出来的,不是谁都可以,我发誓一定要用自己的双腿双脚一步一个脚印地走出这片泥泞路,什么都阻挡不了我!

143

···2009 年 5 月 13 日　　　　星期三　晴

今天知道两个字"选择！"

梅主任对我讲人生就是一场又一场的选择！

楠楠跟我讲一定要踢好正步！我从不觉得自己会比别人差，我是一个特别自信的人，从不会为任何事情所折服，我只相信自己，相信自己的能力。是的，我虽在乎别人的舆论，但又没有别人想象中那么重视。呵呵，我是一个别人似乎永远都读不懂的人，我有自己的人生，有自己的目标，阅兵生活是我的财富，会是我日后的基石，不论别人怎么看待我，怎么对待我，我选择乐观，积极，向上！我想今天懂得的这两个字——选择，会让我受用一生！谢谢！

···2009 年 5 月 14 日　　　　星期四　阴—雨

又是一个平凡而普通的日子。上午课间休息的时候，看到方队长在六排休息区和她们聊天，我提着马扎凑过去也想接受点新思想。的确，所听到的让我内心久久不能平静！他说："其实很多时候领导与队员之间需要多沟通，多交流，那样我们之间能少很多误解，彼此之间才能更好地配合，做好工作。我一直特别想给你们

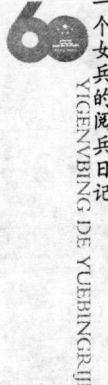

讲讲我内心的想法，可是我们的训练生活都特别紧张，一直没有时间。大家训练很刻苦，很辛苦，我被你们的精神所感动，所震撼。所以当我不能给你们创造最优越的条件时，心里就会觉得亏欠得很。你们就和我的孩子一样，你们吃苦受累我都心疼，每天我就只是在训练场上走几趟回去了都浑身不舒服，更何况你们还得训练……"

说着说着，方队长哽咽了，满眼泪水……

"孩子们，我对不住你们，你们吃了这么多苦，我却为你们争取不来更优越的条件……"

"不，方队长，别这样讲，再苦再累我们都很开心，很幸福，也很满足，我们不与别人比条件，我们只与别人比成绩！"当时我特别想这样讲。

方队长，其实我们80、90后的一代是特别能吃苦的，我们会无怨无悔地奉献，我们明白您的皱纹、您的白发的意义，不知道有没有机会告诉您这些，让您更加宽慰一点，作为像您女儿一样的孩子们，我们会更努力，让您为我们所付出的一切都值得，让您欣慰得能天天美美地睡！

145

休息时间方队长和政委给我们减负

…2009年5月15日　　　星期五　阴

今天徒步方队指挥部召开了集中训练动员大会，总结了基础训练成果，部署了下一步工作。离"十一"还有138天，深感肩负重担，责任重大，但我们有决心。单兵动作将于6月10日结束，我会努力提高自身动作，做一流排头兵！

…2009 年 5 月 16 日　　　　星期六　晴

下午进行了进村后首次方队会议,领导讲了很多,感触最深的就是我们排面考核平均分 47.5 分,倒数第二,最高分是一排面 58 分,看到了我们排与一排的差距……同时也看到了我们方队第一名与其他徒步方队第一名的差距。一共有 6 名训练标兵成绩在 90 分以上,其中只有一名是基准兵,我摸着绑在膝盖上的绷带,心里咯噔一下……

今天特别想休息,虽然没训练,但全天也没有歇着,心里挺累的,有点想家。

…2009 年 5 月 17 日　　　　星期日　晴

休息了,可无从释放全部的累。自从来到沙河让我更深刻地明白了什么是阅兵,来到三军女兵方队最宝贵的东西是什么?我想 90%的队友会告诉我是这种经历!对,经历!是这种特别的经历。一年,一年的时间全部付出,可一年所得到的是你平日里一生都得不到的。突然有人问到我这 5 个月来你觉得自己得到了什么?这时候我才静静地想了想,原来自己一直都没有时间去回头看看,一味地向前冲,却忘了自己一路走来经历了什么!

　　我曾说过,来参加这次艰苦的阅兵想改变自己,让自己"成熟"!成熟这个词在我这可包括了很多,最主要的是一种成熟的心态,处事不惊……从小到大我都是一个矫情的人,偏激的人,没主见的人,小心眼的人,以自我为中心的人,所以我想现在的这种环境可以改变自我!

　　我会站在别人的立场上看问题了。从打扫卫生这个小事来说,训练了一天了,同样都很累,谁多干点少干点无所谓,大家只要互相体谅一点就会少了许多矛盾。

　　以前,我挺依赖别人的。总觉得自己永远也独立不起来,不论是精神上还是物质生活中,总渴望有人陪伴我。其实生活中很多时候还是要自己独立去处理事情的,也许别人在你生活中也很重要,可事情终归是自己的。他人只能倾听,只能在适时的时候给予你一定的忠告。他人是你生活中不能缺少的,但在你自己的生活中永远不能把他人定为主角。

　　看待事物的态度是处事的最重要前提,只有一个正确的态度才能有一个良好的处事结果。说得直白一点,也就是取决于一个人的心态,好心态才有好状态,好状态才有好势态。处事,是人生中的平常事,可往往很多人都不能那么恰到好处地作出反应和恰当的判

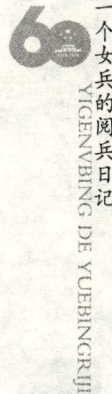

断,在突然事件发生时,思想变得狭隘,变得偏激,导致事情变得很糟糕!我是一个不太乐观的人,我看待事情总会向着悲观的方向看,可现在无论发生什么事情,即使它就是一件特别悲观的事,我也不会那么沮丧了。我总会看到失去的另一面,面对一件"坏"事情我会努力寻找到它好的一面。

今天我从梅主任那里似乎知道了自己的考核成绩,作为基准兵,很差,但我不敢想象是否是最差的。……以后怎样训练?我不茫然,我有自己的目标!一定要做 8 排的基准兵,做一名优秀的响当当的基准兵!

考核时我的紧张程度处于中度偏上,这样极其不利于发挥。我不怕输,不认输,也不服输,我有信心!

…2009 年 5 月 18 日　　　　星期一　晴 34℃

进入夏天,天气越来越热了,今天得知《受阅快报》征稿,晚上熄灯了,我还在加班写稿,好累!受阅生活中眼下最重要的是练好动作,但在一生中最受用的将是这种特殊生活中的特别经历。一个人的经历不是他人口中所述的,是一种不自觉的收获,这句话本没错,错在于我们不善于提炼经历。一种经历或多或少必定要有收获,想要知道自己经历背后的收获,必须动脑子,好好思考一下。你会知道自己的收获,经历有了,必须提炼其中宝贵的精华,那样你才会知道艰苦经历的价值。

…2009 年 5 月 19 日　　　星期二　晴　36℃

练兵即练人!

考核即考人!

我相信在考核中实力是最主要的,心理的确有一定影响,但它一定小于实力对考核成绩的影响,所以考核成绩不佳我相信主要是实力问题!

今天队长很严肃地讲了我的动作,也许她知道了考核成绩,也许她只是就事论事,这都是无所谓,重要的是我明确知道自己的动作是个问题。队长说:"必须加小操!"此时我应该理解所有对我良苦用心的人!

一定要改掉搬腿,不许再找客观理由,必须克服一切。

无论自己动作好与差都要保持好心态,那样才有希望进步,放松心情去挑战!

…2009年5月20日　　　　星期三　晴32℃

现在已经习惯了每动一下汗流浃背的感觉，习惯了脚踩在硬邦邦的水泥地上被烫得脚底板发疼的感觉，习惯了路上悠悠野草在风中扬曳，习惯了汗水恣意流淌，一切都已习惯！今天1999年受阅队员刘娜和一排面排面长孙玺来到了我们方队，给我们讲述了她们当年的受阅史。如果是我没参加阅兵前听到她们的故事一定会心潮澎湃，可如今听到这些似乎觉得这就是我们的真实生活，心态竟然可以如此淡然！

在这里最开心的事是休息，娱乐是听收音机。生活无论怎样艰难，我们都能挺起来扛下去，坚持！让"放弃"一词在我们三军女兵方队消失！

我们不会忘记誓言，不会忘记父母和战友的期盼，不会忘记学校对我们的要求，更不会忘记祖国赋予我们的神圣使命。

我必须努力，用自己的动作来说明一切，我不能落后！小敏告诉我一定要加油，说一定要保持平和的心态，那样才能踢出好成绩。

熄灯后，队长找我谈心了，在昏暗的台灯光下，我格外沉默。

"最近动作一泻千里啊……"队长说。

5月20日1999年女兵方队受阅队员来阅兵给我们授课

紧接着她把手放到我的膝盖上,摸着我肿得快赶上大腿的膝盖,我们对视着沉默……

"知道一名基准兵的分量吗?"

我轻轻地点点头。

"段,你要知道方队培养一名基准兵有多难吗?基准兵是一个排面的领袖,是一个排面的灵魂,她的动作将直接关系到这个排面的存亡,你必须要清楚地知道你们排现在的状况,乔乔的动作现在在8排是最好的吧,在协调性各方面都是不错的……"

我心里非常明白身为一名基准兵的责任，也深知这个位置的重要，只有强者才能胜任，我明白梅主任给我打的预防针——选择！

"队长，我自愿离开基准兵这个位置，但我相信当我再次优秀的时候一定还会回来……"我主动地放弃了，纵然心中有千千万万个不情愿，但总算是心中的一块石头落地了。

我估计这一切已经是上级开会讨论过的了，要不队长不会找我谈心的，只不过现在我比队长先说出了"放弃"！

···2009 年 5 月 21 日　　星期四　雨

今天上午说本周要给我们徒步方队进行"会诊"，要求排面上 25 名队员，人员待定。上午训练时教练突然问我身高，然后又去问乔乔，我说一米六八，她说也是一米六八，不知道数据的准确度有多高，我听到教练哼了一声，心里明白，我比谁都明白……下午出操静站，刚站不到 5 分钟，教练又问我身高多少。我真的不屑于理他，也根本不想回答他，我嘴里嘟囔着一米六八，他说了一句呵呵，你要到后边去喽。听了他的话，我全然是不屑理会，我很想回一句"随便"。我心里明白他是什么意思。接着他从排尾开始纠正军姿到我这里的时候说了一句:"你一会儿跟乔乔把位置换了,明白吗?"我不讲话,他又讲:"是不是想不通?"我仍然没讲话。鞠教练过来问:"基准兵、丁字兵、排尾的人员定好了没?"教练说:"没有,还没定呢,准备让乔乔当基准兵。"接着就把我和乔乔叫出来比个头,比来比去说可以,乔乔站到了我的位置,教练说:"你去她的位置吧!"

队长:"就这样往后顶一个就可以了!"

教练似乎根本听不到队长讲话。

我刚要往那个位置走,队长又讲:"往后顶一个就可以了,别动了!"

我"幸运"地留到了"NO.2"。

无论心情是怎样的复杂,纵使心里有千言万语,此时只能保留。我知道动作又一次决定了自己的命运,脑子里乱乱的,但一定要努力地改掉:

1. 胯僵;
2. 脚腕没有力量;
3. 最主要的是搬腿。

人生的旅途,路很远,然而不要怕,不怕的人前面才有路。

我现在虽然站在"NO.2",但很不甘心。我相信自己的能力,我一定可以全力超越! 下午边踢边对自己讲,难道你真的连个简单的胯放松也不会吗?!

忽然记起了梅主任曾给我的一个假设,假如考核

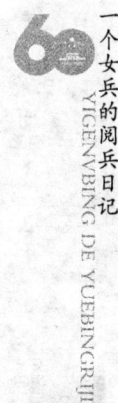

成绩是中下等,假如你以后站不了排头了……其实如果这样的情况我丝毫没有心理准备的时候,我也能及时调整自己的状态。我相信自己可以坦然一点,更坦然一点,无论怎样,成败可以塑造一个人!

… 2009 年 5 月 22 日　　　星期五　晴

一场暴雨之后气温升到28℃,雨后的太阳格外烈,刺得我浑身难受。在别人眼中我也许是在故作坚强,比起以前那个脆弱娇气的我成长了许多,但心里还是不能那么平坦。

下午4点钟"会诊",理所应当的我成为平庸人士。当看到下午的"会诊"录像时,我看到自己重心后仰,这又是一个毛病,要加以重视!赤日炎炎,当气温25℃时,训练场水泥地表温度已达40℃。乔乔占了我的位置,这更激发了我训练的斗志和激情,可我这个人太自傲了,永远都不会去肯定别人,对别人永远是否定大于肯定,是不是自傲得有点自负了。

我想告诉自己一句话:"当兵不习武不算尽义务,习武习不精不算合格兵!"

不知道别人有没有苦恼事情,我觉得自己老有苦恼不完的事,也许这叫心中存事吧,可喜的是心态天天保持不错。

也许人只有在不断克服困难的过程中才能实现自己的价值,只是有些人会在困境中找出路,而有些人只会在机会中找借口。

⋯2009年5月23日　　　星期六　晴36℃

很多时候,我在思考自己是一个怎样的人。那么我就认真地剖析一下自己吧:和同学、战友学着同样的内容,有时别人看来我比她们更勤奋更努力,可我取得的结果……最好的成绩可以与她们画"=",可很多时候会画上一个"<"。"<"?看到这样的符号,脑袋里全是问号,不明白了?不,其实自己最清楚!做事不能做表面,看事不能光看面,不能不去理解内在更为深刻的意义。我看似比谁都用心,可自己很少动脑子去思考问题,思考生活!学而不思则罔!回归主题:踢正步中,我看似努力,看似用心,可我从未认真动脑子琢磨过如何踢好正步。的确,队列是我最头疼的事儿,可这不能作为不精优的理由和借口。人和人看似表面都一样,不一样的东西就在脑子里。

…2009年5月24日　　　星期日　晴

一个人能战胜自己，就能战胜一切，包括战胜自己的虚荣。很多时候，我的思绪被虚荣所困扰着，任何事情都有一种度，这个度要靠自己来把握和衡量，不要拿自己去和别人比较，自己的生活不能让别人主控。心情有时会急躁，都是周围事物所影响的结果，所以为了自己，也必须要以一颗平常心去面对一切。受阅的价值在哪里？在于人生的升华，只要能够战胜自己这个最大的敌人，一切将会成功！

每当在特别失意的时候就想有个人陪着，不陪也无所谓，可当心里真的是在特别脆弱的时候，总会不由地因对方一个不经意的举动而触目惊怀。

晚上的训练让我永生难忘。从19:00—20:20，训练时间并不是很长，可痛苦的感觉让我觉得这段时间特别漫长。训练的苦和累我都能忍受，可就是忍受不了有六七只蚊子一起爬在我脸上叮咬着，咬完了还把我的脸当温床惬意地在原地休息，同时还有十多只蚊子在我头上盘旋……那种感觉让我好狂躁，我只能用力地踢腿砸地惊走它们！蚊子啊蚊子，训练结束后一定打死你。

生平第一次有蚊子咬我竟然不去打它们……不

容易!

···2009年5月25日·　　星期一　晴

早上4:20起床,4:50集合训练,早晨在一天中是最凉爽的时候,气温大概也不超过20℃,所以早晨的训练也是一天中最轻松的。早上训练科目仍然是老一套,可教练表扬干劲儿大的3个人中就有我,这时我才觉得自己的汗在顺着发梢、脖颈凉凉地淌着,后背、前胸、裤子也早已湿透了。柯柯在我旁边小声地说:"喂,你不要命了啊,疯了一样的出汗,不是生病了吧!"

第一次这么有成就感。

今天,第一次有文工团来慰问演出。

上次听1999年的受阅队员讲她们当年的文工团来慰问演出,我们还特失望地说我们还不知道文工团长什么样呢,今天终于盼到了。北京军区战友文工团来阅兵村首次慰问演出,节目很精彩,中间有好几次都把我们感动哭了。一首《母亲》、一首《父亲》,让战友们的亲情打开了洪闸,我也哭了。想家,想爸妈了,特别想!

我喜欢的歌词:

"这辈子做你的儿女我没有做够,央求你呀下辈子,还做我的父亲!"

"你委屈的泪花有人给你擦,你身在那他乡中有人

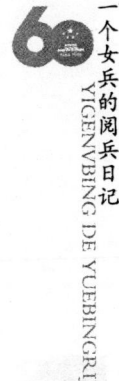

在牵挂,不管你走多远不论你在干啥,到什么时候也离不开咱的妈!"

···2009 年 5 月 26 日　　　　星期二　晴

在我的印象当中,教导员一直都是一个默默奉献的人。在良乡的时候,队里所有杂七杂八的事全都是他负责,来到阅兵村之后,对他的认识更加深刻了。刚来沙河的时候,我们的宿舍门前的地都还没平,教导员就用锄头前前后后地平地,我们训练去了他就在家里干活。看着他一天天日渐黝黑的脸庞,心里对他充满了敬意,真的想对他讲一声:"您辛苦了!"

和朝朝本来也不是一路人,只可惜我们之间为了相处还浪费了那么多的时间。我喜欢这样子的自己,我喜欢自己爱憎分明,她会跟你说一些看似是秘密的秘密,可我知道和我说过的话,她也一样会和别人讲,我不喜欢这样的人,可我不知为什么现在很乱!

···2009 年 5 月 27 日　　　　星期三　晴

今天晚上 22:00—00:00 的夜岗。通知明天休息一天——端午节,但早上仍要 4:30 起床训练,可喜的是晚上有夜岗的第二天早上就不用训练了。我刚站岗小丹就来找我了,说让我帮她写周六的演讲稿。周六要用,要求明天必须出稿,心里其实挺不情愿的。前段时间教导员就找我说让写阅兵方队指挥部的演讲稿,我没写。原因:1.我最不会写的就是演讲稿;2.心里抵触这次活动。可现在就是有千个万个不愿意也不行了,明天大家都休息,我还得拖着疲惫的身子写写写。唉!不想那么多了,明天再说!

⋯2009年5月28日　星期四　阴—雨

早上一觉睡到6点半,好爽。哈哈,今天没出早操,刚醒来一会儿她们就收操回来了,我们准备去食堂吃香甜的粽子,可此时得知了一个确切的消息,今天单兵考核。天哪!这是什么啊,好不容易休息又搞这个,没办法,服从!我们在细雨中考核着,不考不知道,一考吓一跳,找的毛病又是一大堆。

军姿:头偏左,左耳高,右肩高,右肩偏前;

齐步:重心后仰,左臂后摆过大;

正步:胯太紧张,左脚太里合。

知道了问题,必须限期纠正!

下午睡觉睡得好爽呐,虽然别人比我休息的时间要久那么一点,但我把稿子搞定了,很开心!

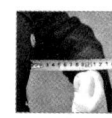

…2009 年 5 月 29 日　　　　星期五　大风

在 5-6 级的大风中训练是种别样的状况！虽然风挺大的,但训练的激情一点也没有减退。小敏说我是听天由命型的,可我知道,我不是,现在不是我不进取只是还未到收获的季节,待到结果时定会让你们刮目相看！

我始终相信自己,可以！

…2009 年 5 月 30 日　　　　星期六　晴

本来说下午不训练,可又训练了,而且是长距离的正步练习。这几天又重新绑上了沙袋训练,觉得有点进步了,可还差得很远！申请绑沙袋就是想把力从胯转移到脚腕和脚尖上。我都知道自己是什么毛病,可就是不愿面对现实,而且什么时候都超自信。唉！不知怎么讲自己了！是的,我的确不喜欢队列,但在现在这个情况下,喜不喜欢和我没有任何关系,和我有关系的只是做好动作,从现在开始我必须培养自己,把不喜欢的事做得和喜欢的事一样完美。我一向都讲自己要强,可似乎说得太多做得太少,对自己实际行动要求得太少了。有时,教练骂我会想不

5月底我们又一次绑上了沙袋训练

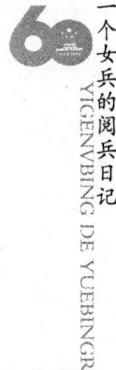

开,小敏说我是太幼稚了。嗯,不能这样了,阅兵应该让我学会这一点的,有些事情不能太在意了!有些事可能会阻碍你的成功,却没有人能阻碍你的成长。

…2009 年 5 月 31 日　　　　星期日　晴

下午 5 点,阅兵方队指挥部要求所有方队进行首次预演。在训练场上,我们是一次又一次的合练,效果也一次比一次好。兴冲冲地集合去了主席台,个个都摩拳擦掌的。终于轮到我们方队走分列式了,在三名领队的带领下,我们开始了分列式。

"向右看——"

我们都懵了,口令下到了右脚。

稀里哗啦一大片。

好不容易调整好脚下,又一个:"向前看——"

口令又下到了右脚。

就这样,各个方队结束了首次预演。

回来之后方队长发火了,这是进阅兵村后的"第二炮",也没打响!我们心里也难受,来回开始分列式拉练,汗水浸透衣服,踢得我两眼冒金星,血往头上涌,耳朵嗡嗡响,悲惨啊!

2009年6月1日　　星期一　晴

今天是"六一"儿童节,明天阅兵联合指挥部的所有领导将来我们沙河阅兵村进行徒步方队基础训练验收。开始了一天的合练,昨天在徒步方队的首次合练出了问题,所以徒步方队袁总教练一大早就来亲自指导我们训练,鼓励我们,说我们三军女兵方队是很有实力的,只是需要再自信一点。在袁总的鼓励下我们鼓足了劲儿又合练了一次,效果非常好,袁总也非常满意。前一段时间很多战友的脚因为穿矮腰皮鞋都打起了血泡,目前我的脚还算是一个健全的。今天我们排的25人里有24人的脚全部打了血泡,可是大家在训练场上依然蹬脚跟翘脚尖铿锵有力地走着齐步、正步,没有一个人发出过异样声音。晚饭后自行带回时,看着每个人走路的样子我心里酸酸的,可是没有办法,我们依然得穿着带铁掌的矮腰皮鞋训练。今天是"倒霉"的第一天,肚子疼得厉害,多么希望可以像以前一样在特殊时候时可以多心疼自己一点,减少点活动来缓冲对它的压力,可现在我只能咬着牙坚持着。下午的合练阅兵方队指挥部的所有领导都非常满意,同时也提出了新的指示,要求我们晚上细抠动作,那么洗臭汗的愿望今天可以埋葬掉了,呵呵!晚上少吃点,接着训练。晚上训练的

感觉特别好,合练了两次后,付教练说再来最后一次然后就收操,同时要求把正步的行进距离加大,此时意想不到的事情发生了。同志们心里都知道是最后一次了,所以特别卖力,走再远也坚持着。突然听到"向前看!"我们接着喊了"一、二",刚换了步子就看不对劲了,一中队的一、二排面依然是"向右看",方队全乱了,"停……"

领导们特别茫然地看着我们,原来刚才那个"向前看"的口令是女民兵的领队下的。这个时候发生这样的事不是坏事,又提醒了我们,明天乃至以后必须认真识别我们领队的口令。所以我们不得不又加练了几次,直到最后拖着疲惫的身子收操……

⋯2009 年 6 月 2 日　　星期二　晴

阅兵联合指挥部的领导来了,几十辆车从我们身边驶过,这种场面是以前从未见过的。开道车……警车……心里油然而生的是一种自豪感和责任感!

首次合练非常成功,首长验收时也较为成功吧。但我们方队走得不如今天早上的首次合练,验收检查之后三军女兵都瘸着拐着回来了……我们的脚上已全部起了泡,汗水依然在淌,可是我们越来越坚强地战胜了泪水。

也许是又一个疲劳周期到来了，觉得特别特别的累，可是人是有意志的，不能被这些无谓的事物所打垮。看着每天训练汗水从脸颊从发梢从脖颈滑落的时候，我觉得那是一个受阅战士最美的时候。每天拥挤着去澡堂洗澡时是那么的快乐，一是可以洗去臭烘烘的味道，重新让自己变得干干净净，二是一天结束了马上就可以休息了，进去的时候臭气熏天，可出来的时候个个都香喷喷的。生活你看它美，它就会让你周围的一切都变得美美的；你对它笑，它才会给你更加灿烂的回馈！

···2009年6月3日　　星期三　晴

昨天晚上睡前喝太多水的原因，今天早上起床后眼睛肿了。训练的状态不是很好，从昨天下午开始发觉拉练中自己的动作退步了，拉练过程中放松了对自己的要求，基础不扎实，拖着要合上别人，导致动作变形！

那天给妈妈打电话时一直在闲聊着，都忘了讲了些什么了，妈妈突然说了一句："真的没想到你有这么坚强！"我笑了，希望妈妈能放心我。20多年了，妈妈和爸爸都一直在为我担心，一直为我操劳着，心里一直觉得特别对不住他们，希望现在的一切能让他们更宽心点！

妹妹学校的同学里有一个结核患者，很多同学都

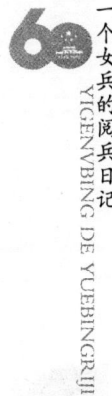

被传染了之后才发现。前几天学校给全体同学做了一个结核菌素病毒检验,从妹妹做 PPT 的反应面积和表面现象来看,体内已有结核病毒,但还没有发病。我是学医的,所以特别担心,一听这样的事我着急了,让妈妈带着妹妹去确诊。妹妹已经开始吃抗结核药了,希望她没事,妹妹,好想你!

有时真的该想想自己来参加阅兵到底是为了什么。我说过,自己要的只是这种经历。正步也好,齐步也罢,对以后的事业起不了多大作用,但此时我不得不承认它对我的影响很大,无论怎样吧,尽力了就好!

⋯2009 年 6 月 4 日　　星期四　晴

今天是来阅兵村最热的一天,训练也还好,可以说得上在状态吧,谁也不知道在这样的天气下训练身体是什么样的感觉。昨天晚上听收音机说今天气温有 35℃,可这炽热的飞机跑道、火一样的太阳还是让人心神不宁,从来没有这种感觉——让我抓狂。我一直在特别卖力地踢,想用尽全身的力气把身体里的汗全部发泄出来,阿娇说我的全身早已都湿透了,但我还是感觉特别的闷,感觉身体快爆炸了。我用力地踢啊踢啊!天气怎么这样啊,夏天了,难道要这样过啊!

…2009年6月5日　　星期五　晴

早上又恢复了三公里跑训练。上午方队领导安排我们去三军仪仗队取经学习，一来到仪仗队就感受非同一般。第一课时我们跟在一个空军排面后边做动作，跟着他们训练特别有感觉，那种速度，那种力度让我们激情大发。是的，今天来仪仗队就是取经，所以必须学有所获，看着他们的动作想起了那首《正步雄风》，"军旗猎猎，脚步声声，天地豪情走出我们的正步雄风。持枪受阅，挎枪出征，托枪就托起神圣的使命。我们是祖国的骄傲，我们是人民的光荣，让世界瞩目我们的风采，战无不胜的中国兵……"

刚开始训练就拔一步两动，我特别地卖力，没走几步汗水就泻了下来，可以说这样的挥汗如雨还是第一次，汗水都不是往下滴，是直接往身上、地上流。时间刚过半，我和阿娇就在一直念叨着渴死了渴死了，终于等到休息了，不幸的是自己今天还没带水，方队说要统一发水，每人一瓶矿泉水，我在30秒内搞定一瓶水。这点水怎么能解决问题啊，在我们极力申请下每排又发了5瓶，每人只能轮到两口。啊，渴死啦！算了，算了，安慰一下自己，给自己胃里留点余地好训练，呵呵！第二个课时，又换了一个海军排面，但给我的感觉完全不同。训

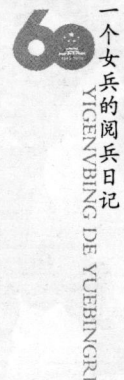

练方法，训练水平，唉……最让我惊叹的是仪仗队的训练方式，每走一小动就休息，而且他们的教练也特别有方法去调动队员的积极性，这样的训练才能有足够的力气做好每一动。

···2009年6月6日　　星期六　雨

雨中训练是我们一直都渴望的事，可是一直没有机会。80、90后的孩子们都是那种环境越恶劣越是激情大发的类型。所以这种天气下，大家激情澎湃。每一步落地声都那么有气势，把雨水飞溅得特别高，而且砸地的声音特别响。此时觉得我们特别崇高，不论别人有没有把我们当女兵来训，但从内心来说我们永远也不示弱。我们从来不说我们比男兵弱，因为我们知道战场上的子弹是不会因为遇到女兵就转弯的。

雨水打湿了脸颊，淋湿了衣服，裤子也湿到了膝盖以上，却淋不湿我们炽热的心！

···2009年6月7日　　星期日　阴—晴

休息了一天，下午16:00训练，感觉真是特别好，一身轻松。踢腿都能那么轻快，特别有感觉，真希望天天都能有感觉！

铿锵玫瑰,雨中绽放

···2009 年 6 月 8 日　　星期一　晴

　　早上准时 4:50 醒来。因为今天早晨要跑步,所以就可以比平日多睡 20 分钟,好幸福哦！刚才还是朦朦胧胧的,突然清晰地听到外面雷声隆隆,彩钢板的屋顶上噼啪乱响,呵呵,下雨了……躺在慵懒的床上,一种特别的幸福感袭上心头。上午组织了室内训练。开始是两个小时的军姿站立,站在密不透风的食堂里感觉身体里不断有细小的汗珠渗出,直到汗水变成活跃的汗滴。站立结束了,浑身都木了,幸运的是自己没有晕倒。后

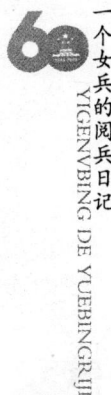

半个小时进行踢腿、摆臂练习,各中队组织。5个教练轮换着喊口令,连一秒都没停。刚踢了十几动,汗就从脸颊上流下,渐渐地就没什么特别的感觉了,只有一个字在心中——"累"！只想腿一定要比别人踢得快一点再快一点,只想踢完了就可以休息了。收操了,松了口气,我被教练点名出去,原因是干劲比较大,虽然是受到表扬可我并没有高兴,很奇怪！

下午作为我们方队的代表去徒步方队指挥部参加方队合练解说,但最终我放弃了这个机会,因为我不想失去排面训练的每一次机会。人的一生会有很多抉择,有失会有得,有得就会有失,得与失也许只有自己能权衡,别人的建议、意见只是别人的,我相信自己的决定！

⋯2009年6月9日　　星期二　晴

我原以为自己可以表现得什么也不在乎,原以为自己的包容能换来别人同样一份东西,原以为自己这样会有很多很多不自觉的收获。我以为的太多了,可事实上与我以为的差距太大了。我以为自己可以把一切都交给自己的日记,可现在我不得不承认我有许多的事仍放在了自己的心里,我不想把它展现出来,我怕我的心受伤,虽然算不上什么秘密,但可以讲得上是自己的一点儿心语！

今天突然想起一句老话,大概意思是有狠劲的人才能干成大事儿!的确,我缺乏一种狠劲儿,所以在大事面前永远都是那么被动。心情不好,因为身体不舒服,也想家了,盲目地追从一些事情。

⋯2009年6月10日　　　星期三　晴

这几次上教育课都是下午两点起床。本来早上4:30起床就特别不平衡了,这中午的午休也基本取消,教育课上到下午4点,然后再带到火热的训练场上开始"一、二、一!"

生活真的很特别,让我不知如何是好,无法改变的事情我们必须学会接受。

⋯2009年6月11日　　　星期四　晴

今天是第二拨儿洗澡,可我们排通知晚上训练,大家顿时都如休眠的火山突然喷发。可恶的教练,一听人家排今天晚上练他立刻跟着人家说他也练。哇!这种人真的一点儿用也没有,白痴一个。每个人都有自己的训练计划,为什么他没有呢?为什么他总要去效仿别人呢?一个胆小鬼,窝窝囊囊自以为是的家伙。有时刻意不在日记中提到这个人,因为我不想让他影响

我的心情，现在我已开始渐渐转变了自己的思想，我必须这样！

一天的合练让我们疲惫不堪。本以为晚上训练会疲沓，可一出方队的营门面朝西行进时看到了火海一样的晚霞，阅兵村里有许多奇特的景象，是我以前从未见过的奇观，看着日落西山、山峦、树木、火云一切都美得那么自然，心情顿时好了许多。开心训练吧！

再次提到那个思想被虫蛀过的家伙，本来说快 20:30 了，再走两趟分列式就收操，结果又走了 N 趟，21:20 才收操，整个阅兵村的训练人员都回营区了，他还在进行着 N+1 趟的分列式，你说对他还有语言吗？

···2009 年 6 月 12 日　　　　星期五　晴

今天乔乔的状态不太好，一天训练老打点，下午方队合练，到主席台前的"向右看"直接右腿踢出了第一步正步。方队带回的时候能看得出她的紧张，回到方队的训练区后黑子把我们所有人都叫到一起。

"今天的事你们回中队以后什么也不许讲，懂吗？我想你们每个人都知道保密守则的第一、二条吧！各骨干心里明白就好，说了对谁都不利，我们要为了这个排面……"

也许是我太庸俗了，很多事情是太爱升华主题了,呵呵,别想也别做没有任何意义的徒劳事。训练做到优!

⋯2009年6月13日　　　星期六　晴

上午第二课时方队各排去武警方队一起训练,感受颇为深刻。这种感觉完全不同于在仪仗队的训练,可能能够让自身动作升华得更多一点。和武警的8排一起训练,明显地感觉到他们的力量优势,感觉到他们的动作优势。进行了互相观摩,我们心里都暗语着一定要比他们踢得更好,让他们也看看我们的优势所在,我们同样赢得了武警官兵的掌声。而后我们两个方队又进行了单中队、双中队以及两个方队穿插练习,训练效果达到顶峰,我自己也明显地感觉到了,两个方队的领导都特别高兴,我们也一样,受益匪浅!

⋯2009年6月14日　　　星期日　晴

"积极应对是为了什么?"

我认为是为了生活更美好,仅此而已。当你遇到障碍时会有很多种方法可以轻而易举地消除障碍,有时如果你真的觉得自己的力量不足以跨越这种障碍时,那么你还有"社会支持",有你的朋友。其实一个人的注

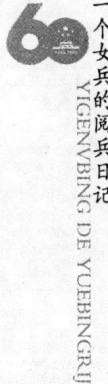

意力是十分容易改变的,只要把注意力从一点分散转移凝聚到另一点时,你就会发现原来绕开障碍也可以这样轻而易举。

我把一颗金光闪闪的星星摘下,放在心上,时时刻刻让自己灿烂,我把自己的生活调出自己的亮度。人要学会不断调整自己,那样才会从苦难中真正提取到人生真谛。那时你可以骄傲地讲给别人:"苦难是一所学校,苦难是一笔财富!"

记得曾经在文稿中我阐述了自己对苦难的观点。我自认为苦难本身不能成为一种可贵的价值,毕竟每个人来到世上不是为苦难而存在,有福谁都不会抛弃的。要想活得更有滋味,上天会给你加点佐料,在你的伤口上要加的不是糖而是盐,伤口虽有疼痛,可你必须正视伤口上加的那些盐,也许就在你的处理后它的浓度刚好杀菌。呵呵,苦难中开动脑筋,你会有常人得不到的收获!

···2009 年 6 月 15 日　　　星期一　晴

明天迎接郭副主席的到来,所以今天早上 6:00 起床。听到这个消息我们幸福得都快死掉了,可以多睡一个半小时呢。唉,可是越是休息的多越觉得没精神。前段时间铺的草坪全部死光了,这几天把所有的草坪都

郭副主席来看望我们

铲了重新铺好,有时觉得这样挺浪费。

晚上中队安排自行调整,可6、9、10排的教练都通知他们排要训练,我们7、8排开心地在水房洗衣服,可谁知7排某人冲到水房说:"7排的快点,19:25训练!"听到这个消息我们8排的人也垂头丧气的,心想全中队4个排都训练了,那我们排一定也是在劫难逃了。心里默默地祈祷着教练大发慈悲。

哈哈……我们排没训练!她们说如果今天教练不训练,等阅完兵之后一定给他介绍个好媳妇,太可乐了。阅兵生活苦中有乐,要看你如何对待了。什么事都别想的太痛苦,一定会天天开心的!

我发现幸福竟是如此简单!

···2009年6月16日　　　　星期二　雨

郭副主席的到来让我们每个人都热情洋溢着。训练这么久了,风里训雨里练,烈日下静站,汗水泪水混杂在一起的日子,这些,我们都可以说无所谓。当郭副主席到了的时候,我们唯一想得到的是那句肯定。

郭副主席太忙了,在雨中只去看了我们方队的一排面,我们仍然感动,看着郭副主席远去的车影不知道是一种什么样的心情,酸酸的。

昨天下午训练时教练要求我们脚落地时要狠狠地抓地,也许自己太实在了,抓地太用力了,导致这两天膝盖一直很疼,蹲下起立都特别困难,希望它快点好起来,不要影响到我的训练。以前特别喜欢白色的衣服,现在真到了可以天天穿白衣服的时候怎么突然觉得就那么痛苦了。上周三的时候我们中队全部换上了海军的夏常服,陆海空三个中队绿、白、蓝界线清晰,每一种色彩都书写着忠诚,每一种色彩都承载着使命,每一种色彩都是对党对人民的无声誓言。

···2009年6月17日　　　星期三　晴

雨后初晴,天气闷热得特别厉害,训练场上热浪滚滚,还遇了一个天底下最腻歪的教练,8排快崩了!找谁发泄我们30个人的情绪呢?

现在突然觉得日子挺难熬的,以前看见别的战友在那里数日子,现在该轮到我盼日期了。可似乎总也不见尽头,只有我们互相能安慰一下了。有时觉得我们这群小丫头特别伟大,真的,点点滴滴中你会看到我们的乐观、坚强,日子不论多么苦我们总会把最灿烂的微笑留下。中午收操回来的路上,翻着疼到麻木的脚掌,蹬着满是水泡的脚跟,每个人竭尽全力地喊着口号。

女民兵曾经问我们的一个队员:"你们天天累吗?"
"累啊!"
"那为什么你们总能保持那么高昂的斗志呢?"
"我觉得那样才是该做的!"

"我们的训练够苦够累了,你们训练比我们还猛啊!他们把你们当女的训练吗?"
"你以为你们的教练就把你们当女的啦?"

"但是我们可以反抗啊,你们就不能,你们只能服从,因为你们是兵。"

我们的队员沉默了,不知道该以一种什么样的姿

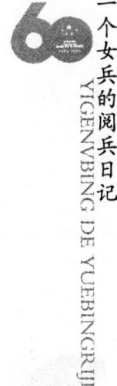

态面对陌生女民兵的问话,她默默地走开了。回到宿舍讲给我们这一切的时候,我们心里就像被别人撒了芥末一样,想哭又不能哭……每一名三军女兵都不能否定自己的身份和信念,我们相信党,相信组织。我们高尚地讲女民兵是民,她根本就不懂军人的优良传统,不懂军人的生活,所以我们可以完全不理会她们的评头论足。训练就是我们的事业,在这里不需要有男女之别,为了能和男兵抗衡,我们必须用超男兵的体力和耐力去训练,巾帼不让须眉!

…2009 年 6 月 18 日　　　星期四　雨

　　天气异常的炎热,整个人像被罩在一个大蒸笼里透不过气来,呼吸也变得异常困难,半个小时的军姿训练汗水就已经湿透了后背。有时候,不,更多的时候我想我必须向汗水要动作。对,汗水给予我动作!
　　训练很枯燥,光是天气就让人内心狂躁。这几天心情也很毛躁,但控制得还好。一上午的闷热并没有完结,下午接着折磨我们。第二课时刚开始,大约只过了5分钟,我的眼前突然暗下来了。我小声地问旁边的队友:"是天暗了还是我眼睛发花了?"她的答案是天暗了。天一会比一会暗,突然就像黑夜一样,电闪雷鸣,雨下得很急,在大雨中我们快乐地带回营区休息了。雨下了整整一夜，有种特别舒服的感觉。在阅兵村很多时候都没有时间去感受周围美好的景色，时间紧张到我来不及大口呼吸，紧张到我发慌！

　　下雨天提前收操是我们最开心的事，每天都有一点让你开心的理由，那么你就没有任何理由选择拒绝开心！

⋯2009年6月19日　　　星期五　阴

　　渐渐地发觉自己变得能这么坦然了，面对事情能这么镇定，所有心理活动必须由个人来完成。曾经有人说，人在屋檐下不得不低头，那么这样的话显而易见的是一种迫于无奈的状况，是必须这样做的。的确，不是心甘情愿做的事情一旦你做了之后，心理上必定要发生变化，这是最主要的，也应该引起注意。例如面对同一件事情，部分人会讲不爽啦、愤怒啦、火大啦种种类似的情况，但还有一部分人会讲无所谓，那么，我们不得不深思，为什么会产生这样的结果，是一个人的性格、一个人的处事风格所决定的？

　　No，No，No，这取决于一个人的心理。心理分析，你若是第一类人那么你完全可以调适自己的心理让自己成为无所谓的那一类，但无所谓不是她真的就任人指挥任人摆布，而是她做了适当的心理调整，让自己不

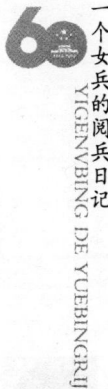

把它放在心上。

活在这个世上很多事情都不能随心所欲,所以你必须在理想与现实的反差中寻找自己的位置。

现在才明白很多道理都是自己感悟的。看书也好,别人教你也罢,都是空壳,只有自己经历了才会真切地明白其中的道理。要把生活视为一种魔术,细细品味人生,像茶,像香醇的美酒加咖啡。

···2009年6月20日　　　　星期六　晴

以前心情经常不好,准确地讲应该是心理波动大,总想找一个发泄的倾听者,但现在无论怎样只有自己一个人承担着。有时心里也会难过,心会狠狠地疼起来,但我总会努力告诉自己一定要好好调节自己,善待自己。

很多的人很多的事不在自己的控制的范围内主宰着。不顺心的事时有发生,心里仍然会冷冷地疼着,可我对自己说:"你可以,一定可以的!"对,我可以,我告诫自己什么事都是人生的一个花边,什么事都主控不了你的人生。

入党之后评选优秀党员,我希望自己可以成为其中一员,可事情不由我自己决定,但我会积极地去努力。小舍是一个很有能力的人,一个普通的战士能得到队领导如此赏识，一定有许多过人之处，表面与实际有时候真的完全是两个样子。

···2009年6月21日　　星期日　晴

一个特别的周日，我们即将进入100天的倒计时。每个人都那么兴奋，时间过得也真快，已经走过将近200天的时间了。即使每周只有周日上午这半天的休息，也已觉得很幸福了！

昨天打电话给妈妈。妈妈这几天生病了，头痛，而且妹妹说疼得挺厉害的。我心里特别的担心，真是恨不得马上回去看看能用什么方法来缓解一下妈妈的疼痛。

一晚上都在惦记着妈妈。昨天叮嘱她周一一定去医院看看，也不知道她听不听话，也不知道她今天头还有没有疼，已经记不得有多久没回家了，很挂念。昨天也帮妹妹决定学理科，希望她的成绩可以优秀吧，自己是姐姐，无论以后怎样生活，在妹妹需要帮助时必须还得能靠得上。

···2009 年 6 月 22 日　　　　星期一　晴

早上出完操就赶紧打电话给妈妈,催她今天去看病。可妈妈竟然说已经看过了,医生说只是上火了,我不太相信,痛得那么厉害怎么会是上火呢?可我考证了几遍,妈妈都能找出她去看病的证据,唉,希望她没事吧。

最近几次跑三公里总会岔气儿,刚跑到七八百米的时候就开始岔气儿。一开始用一只手边按着边跑,只管用那么一小会儿。怎么办呢?我得想办法了。于是就试着把腰带压在疼痛点,狠狠地勒紧,过一会儿又不管用了,我就再往紧勒,这样反复勒了 5 次也就到达终点了。嘿嘿,突然觉得自己挺刚强的,没有那么柔弱了,很开心自己能这么坚强。

面对前进道路中的坎坷,执著是最好的利刃,它会帮你劈开荆棘,穿越困难,抵达铺满鲜花的彼岸。

···2009 年 6 月 23 日　　　　星期二　晴

不知道是训练太累了还是天气太热的原因,觉得又是一个难熬的上午。小二黑(嘿嘿,我给张教练起的绰号)又抽什么疯了,第一课时拔了两趟一步两动,然

大拉练后的休息

后就一直一步一动,连贯正步。一步一动是最累的正步,胯一直提着都累得不知道该怎么办,欲哭无泪,最后直到我浑身各个神经末梢都在颤抖。前几动我还可以很常态的踢,到了下几动我看见小二黑就像看见一头驴,我就想着他就在我前方,我用力地踢腿想把他踢飞。终于等到中间休息时间了,二黑来了一句正步走,一趟又一趟,别的排面都休息了,偌大的飞机场全成了8排的天下。啊,来来回回,渴得都快晕厥了,我再也没有力气了。来回调换排头我看到队友们脸上全

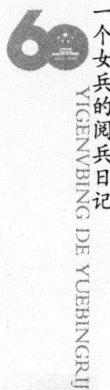

是汗,泪都在眼眶里打转,心里酸楚难以言表。队长看见我们排一个个的打报告下来,喊了好几遍先休息,他才终于收手了,我们解脱了。泪水漫延在我们的脸上,真的想把所有的委屈哭出来,可是我们还不能……

…2009年6月24日　　　　星期三　晴

今天总后孙政委来看望我们,下午第四军医大学的戴政委也来了,关于我们的未来最终的解释权仍不在我们手中。但他们讲最终会对立功受奖的部分同志多加关心。

可我仍只相信方队长,相信他讲的我们的训练成绩决定我们以后的命运,我相信方队长是最能给我们争取未来的领导。这次也知道了白求恩军医学院将接受另一项大的任务——明年的世博会的安保工作。这是否意味着我们将会又一次投身于另一种艰苦的生活。打住,不想考虑。

…2009年6月25日　　　　星期四　晴

快到排面考核的日子了,可我们排面的动作一塌糊涂。教练平时细抠得少,关键时刻才着急,急也没急到点子上,他是看谁不爽就跟谁急。所有的领导在今天的合练中一直点8排,后来队长也急了,来了句:"你们8排要是再被点一次,我单练你们排。"

唉,平时不抓,只知道蛮练,从来不找问题,流的汗比谁都多,效率比谁都低,有这样的教练真不幸。

每次看到梅主任我都有一种说不出的感觉,想绕开他的眼睛,没有成绩辜负了所有关心我的人!

⋯2009年6月26日　　　　星期五　晴

突然通知下午5:40开考,紧张地准备考核。下午的考核发挥超常! 超赞的!

在这里的每一天都特别想家,每次做梦都梦到家,心里真不是滋味,可谁能明白呢? 每天拖着疲惫的身子躺在床上的时候所有的思念袭上心头,可唯一承认的是现在的我已经和眼泪告别了。最近怎么也不来"客",心里毛毛躁躁的烦得很,做一名三军女兵的队员真难!

吃了一生所有的苦,

不是不苦,是习惯了;

不是不累,是麻木了;

不是不能哭,是无效了;

不是不能娇,是我们加入了三军女兵方队!

有哪个人能在苦难中天天开心,我想那一定是位伟人,又有哪个人能在别人面前展示自己的苦难呢?

我现在越来越不在乎别人怎么评价我了，我不会像以前一样让这种话语影响自己的心情。挺开心的。

…2009 年 6 月 27 日　　　　星期六　晴

从心底里来说排面考核之后放松了，应该说是轻松了许多。上午的训练不是特别累，下午也该休息了，进入100天倒计时以来突然觉得时间过得挺快的。

压力始终无处不在。不论自己在别人眼中是否有长进，我必须心中永远有目标。以前的那个自己真的改变了很多，希望自己的改变可以为以后奠定成就事业的基础。晚上吃完饭还算悠闲，我站在食堂门口长舒一口气，"齐步走"，"向右看"，每步75公分走回宿舍。放心，不会有异样的眼光，这已经成了我们日常生活的一部分，每位战友把队列当成日常养成。

…2009 年 6 月 28 日　　　　星期日　晴

打电话不方便，一周只能给爸妈打一次电话。每周日早上我必须不吃饭飞奔着去占电话，平时训练不可能舍弃吃饭，周日吃不吃都可，所以这也是我唯一打电话的时间。妈妈总是细心地问着我的生活和训练，有时我没说实话，但都是善意的谎言。我不想她为我操心，我一直都想着报喜不报忧。以前自己心情不好,事情不顺的时候总讲给妈妈,虽然能得到安慰和理解,可我忘了,自己的这种行为让妈妈认定我不成熟,处处需要她操心。自己长大了,很多事情必须依靠自己,不能总让妈妈放心不下。

　　上次妈妈生病的事我一直耿耿于怀的,等以后自己有了能力一定要把爸妈接到身边。我想报恩,从心底来说,我真不放心已过中年的父母。

熄灯前的问候

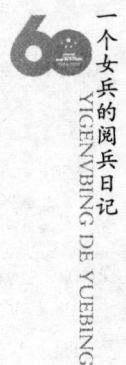

…2009年6月29日　　　星期一　晴

"近朱者赤,近墨者黑",极其有道理。

你要想战胜你的敌人,那么先和他成为朋友。掌握他的优势,让他的优势成为你的优势,等你完全了解了你的对手,你就会觉得在和平中早已战胜了他,此时他的优势已经不是独有的了,早在你的身上尽显、定格。一个不能和你较量的人,何谈成为你的敌人?

我认为君子的仇恨广义的讲有时并非单指个人恩怨,我在这里讲的是报复。如果你是一个很努力的人,自认为也很优秀,但总也得不到别人或者是上级的认可,那么请不要急躁,不要气馁,而应该注意看着那些在上级眼中的佼佼者是如何做的。你缺少的就是他们的优势,用自己的方法虚心地学习别人,直至让它成为你自己的东西。此正所谓要看到别人的优点,而别总讲别人的缺点,20多年了自己才深刻地明白这个道里,有点可怜。如果所有人的优点都能集中在你身上,那么你一定是一个天下无敌的完美人。

海政来阅兵村慰问演出,这是我们迎来的第二次慰问演出。可扫兴的是我们方队的位置排在最边上,什么也看不到。音响效果也不好,几乎是在那里干坐了两个小时,全体队友郁闷得很,嘿嘿,不难想到别的方队在这个位置时也和我们现在一样痛苦啊!

⋯2009年6月30日　　　星期二　晴

明天就是"七一"了,我们盼望着放一天或者半天假。我们中队是海军排面,每次方队合成练习,不整齐就会是特别显眼。每位领导都特别着急,所以我们中队4:30起床训练从此就成了不能更改的一日生活制度,7点收操,然后开饭,一大堆的事等着做,被逼无奈我只能4点就起床来提前做事,免得时间紧。心里是痛苦的,可没人能明白,谁也认为我们这样才是应该的,许多许多别人认为是感动的事在我们这里就不值一提。晚上别的中队都休息我们加操到9:30!我们不是圣人,谁也有抱怨,可有什么用呢?一切还得继续!

⋯2009年7月1日　　　星期三　晴

"七一",早上阅兵方队指挥部举行了升旗仪式,表彰了一部分同志,无论是干部还是骨干,她(他)们都很优秀……

考核成绩出来了,方队给前三名的排面立了功。三

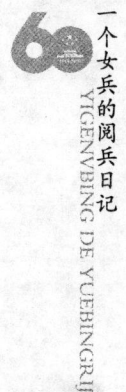

等功来之不易,事情不是我们可以主宰的,心中有点不畅,证明仍需努力。

301总医院来方队讲座,种种形式化的东西让我恼火,下午的教育课也取消了。在这里训练大于一切,一切都不能和训练比,一训练我们都是钢铁巨人。不想讲这些没用的了,汗水猛猛地流吧,流吧,让它鉴证我们的动作,让它代替我们的眼泪。

…2009年7月2日　　星期四　晴

明天阅兵总指挥房指挥要到我们徒步方队检查方队训练情况。我们方队已经很久没有合练了,这两天踩乐训练把动作"糟蹋"得一塌糊涂,方队领导急了,又是猛练我们,我开始恨这个充满竞争的地方。但是,我们还有宽心的事,那就是方队领导为我们配备了防晒霜和晒后修复霜。方队长说:"咱们要把那些仅有的经费都用在孩子们身上,把咱自己家的女儿们都打扮得漂漂亮亮的,只要是有利于孩子们训练的、有利于孩子们茁壮成长进步的要想尽一切办法去满足!"

倒计时一天天减少着,希望可以快点过,妈妈,帮我一起倒计时吧,我把泪水都已经化成了汗水!

···2009年7月3日　　星期五　晴

方队以我们平时训练中最稳的节奏走过了阅兵台，结果怎样也许根本不重要，也没有任何一个领导提及今天的事，不了了之。第四军医大学晚上来慰问演出，看着台上一个个光鲜亮丽的女孩，满是羡慕。演员唱着《好好爱妈妈》，勾起了所有战友的感情。我看见连平时最坚强的人都在抹眼泪。人都是感情动物，有谁不想家，有谁苦累之后不觉得辛酸，有谁在坚强的背后不隐藏着一丝柔弱。加油吧，倒计时90天！

···2009年7月4日　　星期六　晴

听说今天下午八一体工大队来我们徒步方队表演跳伞，这可是生平第一次亲眼看到，也许也是最后一次。原来我一直以为跳伞运动员只能是男的，可当我亲眼看到女跳伞运动员帅气地着陆时，那种激动、羡慕之情油然而生。她们在空中做着各种各样的高难度动作，帅死了。听着我们平日秩序井然的方队中阵阵欢呼声，雀跃声，谁知辉煌的背后她们付出了多少？向他（她）们致敬！

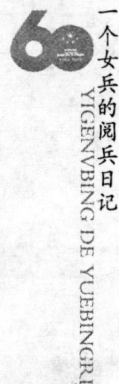

…2009年7月5日　　星期日　晴

我们没日没夜的训练,是在完成祖国交给的任务,再辛苦也是应该的,但我们真的不亏欠任何人的,谁也没有资格没有权力把我们当债奴一样来逼债。是的,自己不该有不满情绪。有时也会抱怨,也会责骂,可这都是现实所逼。也许是一种宣泄吧,我知道这是一种不太合适的方法。

现实的生活一直逼着我,让我无法回头。似乎自己走上了一条不能回头的路,我只能趟着这条长河走下去,一切都是被动的。主动权在谁的手里?似乎没有人告诉我,我没有知情权……

内心的恐慌,谁也不能明白,生活也许真的就应该这样。逼着我改变自己,逼着我必须适应眼前这现实的一切。

…2009年7月6日　　星期一　晴

昨天夜里肚子突然疼得厉害,开始恶心。我把被子扯了扯想暖暖肚子可能会好点儿,可一切都无济于事。怎么都忍受不了,起床去看医生,拉肚子来回跑厕所,胃里又是一阵阵翻滚。啊……怎么会发生这样的事儿!

拿药来吃过就睡着了。可凌晨四点到六点半的岗又把我搞得筋疲力尽，胃和肚子再一次强烈地折磨我，让我的最后一道防线也崩溃了。肚子里像灌了水一样翻腾个不停，早饭一口也没吃，自己今天真的上不了训练场了，这样的体力不允许我去训练了。高医生批了我半天的病假，我心想上午休息休息下午就可以恢复一点体力去训练了，战友们都训练走了，我刚拖拉着身子躺在床上，教导员来了……

"啊，那个，你怎么了啊？"

"噢，我昨天拉肚子可能有点脱水。"

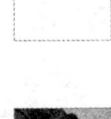

"哦，吃药了吧。"

"嗯，吃过了，教导员。"

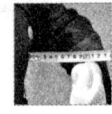

"那好吧，咱们干活去吧。"

听到这几个字组成的这一句话，恨得我牙都痒痒，难道您没有看见我蜡黄的脸孔，没有看见我深陷的眼窝，没有看到我说话有气无力的样子吗？我

半天病假是为了在家干活吗？什么人嘛。我只能无奈地拖拉着身体去干活。顶着烈日带着病晕晕乎乎地拔了一上午草，拔到 11 点了看似他还有让我

继续拔的意思，似乎对干的活还不太满意。哼，见鬼去吧，咒你！

这种处境不是我想要的，身不由己。不论怎样，即使下午训练由于体力不支我累倒在训练场上了也

决不会再病休了。拖着透支的身子训练并不像自己想象中那么容易,体力决定着训练中的一切。我明显感觉到由于体力不支而引起的心跳加速、发抖、头晕等,但我对自己说一定要坚持,不能退缩。下午训练咬咬牙结束了,我恐惧地等着晚上的两个小时的训练。对,不能打退堂鼓,无论遇到什么困难都难不倒我的,加油!

倒在训练场上也不会退却!今天当了一次病号才知道在家留守的人员有多么辛苦,她们一点都不比我们训练轻松,如果没有她们的后勤保障我们怎么能安心地在前方"打仗"?

…2009 年 7 月 7 日　　　星期二　晴

像一只只无力反抗的小鸟一样,大早上就被开始拉体力——长距离正步,累得上气不接下气,大汗淋漓,快呜呼了。

早上的大体能训练导致上午训练累到了极点,当中队分方块开始训练时,每个人都已筋疲力尽。我们第一方块一次都不准休息,长距离跋涉着。时间过得格外的漫长,每走完一趟我都身心疲惫,可还是可以再坚持一下的。收操了,吹号了,也吹哨了,我们第一方块的训练还没有要停止的意思。我心想该死的家伙,快收吧,可一趟完了的又是一趟。我心想咬咬牙坚持吧,反正是最后一趟了,我用尽自己最后的一点力气猛踢。

"立定!都给我站好,拔起来,谁让你们大喘气儿的,谁给你们的权力?来,咱们继续,踏步!"听着10排教练的话我气得直想冲上去打他一顿。可不能啊,只能服从。终于结束了,我疲惫至极,真想发泄一下,那种感觉真的是生不如死,真想倒下去死了舒服。汗水还在淌着,我想即便流泪了也没人知道那是眼泪,睫毛上的汗珠还在扑闪……真的,唯一可以让我发泄一下的方法就是使劲儿攒紧我的拳头。

真苦也真累,想死。

┈2009年7月8日　　星期三　晴

每天早上是最忙碌的时间,7点收操,7:10开饭,7:40集合。在这一点点的时间内要洗漱,打扫好卫生,头都大了。今天我们班刷碗,8:00刷碗完毕,个个热得汗流浃背,回来一看时间来不及了直接就往脸上擦防晒霜,可满脸是汗,防晒霜和腻子一样怎么都涂不开,我们挤在16℃的空调下吹着大花猫似的脸,不由得都笑了起来。烈日炎炎的夏天,

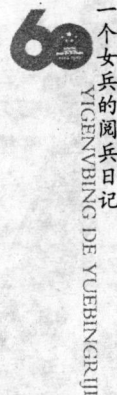

许多队友都晒伤了,尽管涂了防晒霜和护肤品,可在这热浪滚滚的火炉里训练,不出1分钟,全部被汗水洗得一干二净,汗水浸着晒伤的脖子,又痒又疼,真恨不得抓烂算了。

2009年7月9日　　星期四　晴

踩乐训练正式开始,新的难题又出现了,膝盖的疼痛也一天天的剧烈起来。那种钻心的疼,不知该怎么去形容更合适些,每走一步正步疼痛就像尖针一样扎在我的心头,我想等阅完兵我就该去评残了。有时会后悔自己的选择,把自己的身体、时间全部付出,又能换来什么?阅兵生活让我知道了人生中的苦原来是这样的,折磨人又竟是一种那样的滋味,有泪必须往肚子里咽,被人打了还得连牙一起咽下去的感觉,奄奄一息时的那种绝望,这都是我以前不曾经历的,也从未想过的,而今正在面对的。

生活是一场人生受阅!

人生是一场漫长的受阅生活!

盛夏里苦练腿功

…2009 年 7 月 10 日　　　星期五　晴—阴

　　天气总算是转阴了，可热气更猛烈地从地面升腾起来，真闷！我希望自己每天可以开心地训练，我不想自己那么忧愁又伤感的还和以前一样。我羡慕比我开心的人，我喜欢天天嘴角上扬的人，所以我决定一定要释放自己，不论发生什么事，都一定要安静且快乐的接受，勇敢、大胆且永远微笑着。

　　无论什么样的人什么样的事发生在你身边，千万

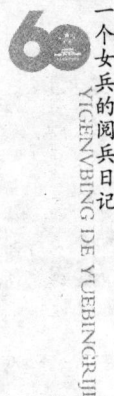

别那么在意。人活着为了谁开心啊,不就为自己嘛!活一天累了一天难道还要不开心地过一天啊?那我看不如自杀算了。乐观的人是社会中最善于权衡世界的人,他并不是盲目的乐观,而是处忧时仍可静观其变!

人的心态是决定你生活志向的主要因素,当然这个纯属于我个人的观点。我相信良好的心态是优胜于别人的基础,能把自己变成一个心态良好的人就是我最大的收获。

2009年7月11日　　星期六　阴

本周休息取消,原因是军委有领导要来视察指导。由于我们刚开始踩乐训练,而军委领导要求看方队踩乐表演,我们只能点灯熬夜加班加点的训练了。上午组织多排面踩乐训练,800米不停地来回拉分列式,刚踏乐只能踢那么几步,现在加大到800米,该怎么踢啊!每踢一步都很艰难,我咬牙只想不要命了,只要能踢完这800米,到了终点死到那里也行!我也累,也是人,可我不是没骨气、没毅力、没狠劲儿的人,我可以,我相信自己可以超越一切!汗水雨水一起冲刷着我们火热的身躯,地面一股股热浪汹涌而至,汗水湿透衣背,泥土也裹满了裤腿,祖国知道,我想她会感动的。无论曾经付出多少,我们无怨无悔。满腔的热情铸成我们精优三军女兵,我们就是钢铁脊梁,打不倒,压不弯,拖不垮,特别能战斗,特别能吃苦,特别能奉献的钢铁巨人,以后没有一个人可以靠想象知道我们是如何走过来的。早操在太阳还没露脸时,我们让汗水给冲了个凉,从头到脚全是湿的,有谁看了不心疼!

7排今天发生了一件令人不悦的事,我们中队的7、8排教练有约定,无论谁下口令让活动,没有他们的口令谁也不许动。我们刚拔完N个800米后回来,7排教练让蹲下,一蹲就听他讲了很久,每次听他讲评简直就是一种对生命的摧残。我扭曲的面部表情试图可以减轻一点右腿和右脚的压力与负担,可无济于事,坚持着,咬着下嘴唇等他停,刚起立就下口令:"跑步走",右侧真的要废了。

"活动一下……"付总教练说到。

付总教练问:"7排怎么没活动啊?快快快,活动一下。"老付一连说了5次"活动一下",7排就是一动不动。老付飚了,让全都滚,说以后不允许7排上场!7排的队友们泪流满面地走了。我忍着眼泪听着大大小小的领导开始训斥7排,我隐约听到她们的泣声,心疼,真的好心疼我的姐妹们。而此时她们教练哑巴了一样静观事态发展,这就是我们的服从,无条件的服从。啊啊!可悲可泣。

…2009年7月12日　　　　星期六　晴—雨

　　　每当家人有一点点病我就会特别着急。昨天晚上排队打电话，排到的时候只剩3分钟就休息熄灯了。打妈妈的电话打了两次也不通，结果打爸爸的电话着急说了几句话，只是告诉他我一切都很好。妹妹抢过电话说："姐，妈妈头痛得厉害早早就睡觉了。"听了之后，我心里特别难受。说不出的冲动，特别想回家！回到宿舍之后我流泪了，训练再苦再累我也不会哭，可我此时急切的心情又有谁能明白，现在只希望训练快点结束吧，我想回家看爸妈了！

　　特别想回家！

　　总参谋长下午来视察！

　　写给妈妈的一封没有寄出的信：

亲爱的妈妈：

　　您好吗？知道您最近身体不好，女儿在这日夜担心，终于明白以前我在异乡生病告诉您后，您左一个电话右一条短信的心情。以前很多时候是我不懂事，可经过这段特殊的经历我想对我以后的工作、生活、处事都会有很深远的影响，我想您看到我渐渐懂事就可以少为我操点心了吧！曾经记得您和爸爸说我在家里虽然是老大，但你们整天都在为我操心,为妹妹反而很少操心。我明白,我想我以后一定会成为你们最放心的女儿的。

　　现在训练挺累的也挺苦的,可我是不会在电话中告诉您的。我不想让您为我担心,我想让您天天少点忧虑,可以开开心心的。我的脚起泡了,每天白天打起泡晚上自己剪破,第二天踏着没有愈合的死皮接着起新泡,这都不算什么,我都可以忍受。现在我的腰左侧也开始不舒服了,是因为我踢正步提胯太高,所以腰部左侧高了一块骨头出来,我的右膝盖有点轻微的积液,每天早上刚起床我都站不直,全身都佝偻着,我真担心自己以后会残!呵呵不过我心里有底,以后一定会好的。我知道我不喜欢训练的重复单调,可以说是对它都头疼,可我不会因为不喜欢而不认真地对待它,我争强好胜,我默默地努力着,我自信。训练中的疼痛我可以忍受,我备着云南白药,它可以帮我减轻点疼痛,忍受不了的时候我就喷几下,很管用……

　　无论我过得多么不好,我也只想让您知道我过得很好,别担心我,我已经长大了,我可以!感谢您妈妈,感谢您给予我的一切!女儿很想念您,祝福您健康开心!

…2009 年 7 月 13 日　　　星期一　阴一雨

大雨来了！这场大雨也许我们真的盼了一个月了，此时想起了方队王总教练的一句话："孩子们，是你们感动了老天爷下了这一场大雨啊！"是啊，阅兵村的炎热让我们筋疲力尽。的确，说心里话我们真的特别想休息，可是总有那么多紧急而又重要的任务，我们没有任何理由可以停下训练去休息。也许是老天觉得我们真的该休息一下了，所以不得不找一个顺其自然合情合理的理由帮助我们得到了这个来之不易的小休息！看着队友们在凉棚里尖叫着跳跃着，我也傻傻地笑了，呵呵，感谢你苍天，感谢你大雨，感谢你给我们争取到一个休息日，感谢你让我们营区的小草喝足了水郁郁葱葱，感谢你让天气凉爽了许多，谢谢你大雨！

…2009 年 7 月 14 日　　　星期二　晴

"一场夏雨一场炎。"这是我自己的观点，但从现实中验证也是极其正确的。天气比前段时间更加炎热了，顺其自然吧。觉得身体也比前段时间疲乏了许多。这样的季节，这样的训练，我们都可以忍受，在我们每个人内心深处都有可以得到慰藉的精神的家园。有时会特别怀念以前自由自在的日子，但我从来未后悔过自己选择了这样一条道路。在这里虽然有点苦，但我们精神上总有满满的温暖，已经很知足了！

…2009 年 7 月 15 日　　　星期三　晴

有时真的有种过够了的感觉，我发誓，如果有谁让我多坚持一段时间给我一百万我也不干！谁也不可理解，也不可能了解。越来越觉得日子很艰难，大苦大累都受了，我也过怕了这种日子。以后我一定要努力给自己争取最优越的条件，吃苦真的吃怕了，不得不承认这是自己选择的，自己就必须负责到底，这也许就是责任！

小敏笑我怕吃苦，但我认为怕吃苦和能吃苦是两回事，所以我说怕吃苦并不丢脸，我觉得这才是真实的 80 后、90 后。但这并不是讲我们不能承受苦难，相反，面对苦难我们比其他年代的人更英勇。谁一生不想享受而想吃苦啊，不过也讲不好，"三观"不同也不一定！

···2009 年 7 月 16 日　　　　星期四　晴

　　腋下,大臂内侧、胸部两侧、背部都长满了痱子,汗水浸渍着痱子,每一动摆臂都生疼生疼的。我咬着牙告诉自己不论多疼都必须坚持,我绝对不允许自己轻易下场。我明白很多事只有自己才能争取来,我也在事实中证实到机会永远都会留给有准备的人。有时候我觉得自己特别像爸爸,我不喜欢张口求人,求人不如求自己,只有自己有能力了才会处处受人重用!脚上的泡每走一步都能疼出一身冷汗,我能感觉到自己的身子都在抖,但又能怎样?我只能告诉自己,坚持一下吧,再坚持一会就收操了。我最盼望的是晚上躺在床上的时候,用脚趾轻轻碰碰长满泡的脚跟,好疼啊,但幸福的是可以让它们休息一夜了。

　　妈妈,日子过得真的特别辛苦,您知道吗?我发誓真的以后再也不会选择这样的生活方式了,一次就够了!教练的苛刻,由着性子训练真的已经让我精疲力竭了,再也不想继续了,连说话和吃饭的力气都没有了。看着自己颤抖的双手端起不对胃口的饭菜,队友们流泪了。是失望吗?妈妈,我受够了,可我仍然必须全身心投入各项工作,您明白吗?我仍然只能那么激情四溢地训练,平静地生活。无奈,只能这样!

郭副主席到来!

累啊!累得让我对世界失望,快点结束吧,求求你了,我不想这么过了!

⋯2009年7月17日　　　星期五　雨

昨天接受完了任务,晚上休息了。唯一的一次晚上不训练,休息的时间真爽。早上我们淋着小雨训练,衣服被雨水浸透。上午雨太大了,临时决定改成了教育课。队友们昏昏然然黑压压地趴下一片,实在太累了!看到队友们累成这样心里酸酸的,可也许除了我们自己别人谁也不会心疼。哦,时间快点吧,再快一点吧,到极限了!看了1999年方队训练剪辑和三军仪仗队的训练纪实,以前的话我会羡慕、会惊叹,可现在我却感受到这就是我们的生活,我们的真实写照,只有自己经历了才知道事实是怎样的!

⋯2009年7月18日　　　星期六　晴

昨天有幸遇到了一天的大雨,晚上雨停了只训练了一个小时,其实也是蛮知足的了。可不知道我们盼望

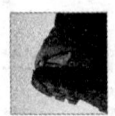

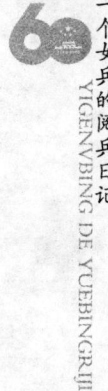

已久的周末还能否如愿休息,希望可以吧!

心里早明白下午的教育课肯定是取消了,唯一期望的就是明天上午能否休息一上午啊。我们祈祷着晚上方队能组织看电影,可结果是失望的——训练!

天呐,有谁知道我们真的很累啊!

…2009年7月19日　　　　星期日　阴

整个机场跑道上还算不空,起码还有武警方队和我们做伴训练,这样周末的上午也不至于太失望,太悲凉吧!

明天就要和千人军乐队合练了,心里还是特别激动的,呵呵,兴奋!希望自己的训练可以天天有进步,日日有提高!

我总在日记中反复提到心态。真的,心态是一个无可替代的导师,但也不得不承认有时自己也会失控,有时也会故意钻牛角尖,有时故意地想别人怎样怎样对待我,真的是很矛盾的。但我会努力调整好自己,努力走好剩下的日子!

···2009 年 7 月 20 日　　　星期一　晴
　　地表 49℃

　　天气无比的炎热，当我们机动走向主席台方向时就听到了大鼓的重音，每个人的兴奋点立刻提高了八度。当我们切身踩乐时才真正体会到那种身临其境的感觉。但是我们又面临着该如何处理喇叭里的乐和耳朵里听到的现场乐之间的音差问题，听着重音大鼓"咚咚"的声音特别有感觉，鼓点要比平时听录音时踩得准确的多，我们现场一共合练了五趟，真累，但心里特美，听到军乐队都在给我们喝彩。本周的第一次任务结束了，接下来还有更重的任务等着我们，辛苦了一点，但有一种满足。

···2009 年 7 月 21 日　　　星期二　晴
　　地表 53℃

　　昨天晚上做梦了，梦到我和阿娇站到街角上，高兴地说着阅兵结束了，我特别疑惑地问她："昨天我看日历还有 29 天呢，今天怎么就结束了呢？"她说："昨天看时还有一天今天当然就解放了！"听她这样一说，我突然就觉得特别特别的轻松了，我

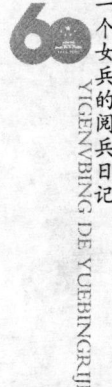

们茫无目标地在马路上走着,真轻松。醒了,却只是一场梦。

···2009 年 7 月 22 日　　　　星期三　晴

我能坦然吗?只有自己心里明白,也许有时候可以,有时候不可以。我不是不求上进的人,我不想让别人知道我有多努力,只想让别人看到我最后的成绩而已!我一直在努力,不懈努力,但人都有某种误区。不知从什么时候开始,我变得这么的独立,心里的许多话都烂到了肚子里。对生活的态度有了改变,至少我口中少了平日的口头禅——"郁闷"。不知从什么时候已经忘了自己需要一个知心朋友,真的没有想到自己可以一个人过。记得在良乡训练的时候,我抱怨过朝朝,抱怨过我们的感情,现在想想觉得自己挺幼稚的。人都在渐渐地长大,在这难忘的一年里我的人生财富增长了很多,也许这样的收获在平平淡淡的生活中是永远不会得到的。很多时候我都忘了怎样去释放自己,很多时候也都忘了去像以前一样那么刻意地消除什么,一切都把我冲刷成了一个平凡的没有个性的人,也许我现在明白了什么是鹅卵石。

…2009年7月23日　星期四　阴—雨

今天是赴通州阅兵村进行第一次合练。这么久以来我们第一次走出沙河阅兵村的大门，这么久以来我们第一次坐汽车，这么久以来我们第一次看到穿便衣的人，这么久以来我们第一次感到如此放松！我们着装整齐地坐在大客里，200多辆大客一起出发行驶在高速路上，只能用壮观来形容了吧。我们出行时途经的路都已封了，行人等着我们这些车全部通过也得半个多小时吧。一路上只要在高速路口遇到行人，他们就会用特别的眼神看着我们，好多人都在拍照、摄像，还有的向我们招手，那种感觉就一个字——美！此时告诉自己这也许就是所谓的人生价值体现的时候。

说实话，今天特别背，是"倒霉"的第一天外加痛经。我心里一直在暗示自己，一定要挺住。通州训练场地与我想象中相差很远，由于这是装备方队的训练场地所以路面被压得很破烂，由此给我们徒步方队合练带来了不小的影响。路面的坑坑洼洼再加上身体不适，让我从静站到分列式一直处于要飘的状态，稀里糊涂的就算是结束了。看着最新的装备在巨大的隆隆轰鸣声中——通过，场面雄壮，心中震撼！

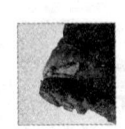

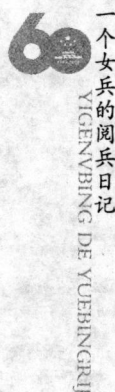

可惜的是今天没有空中梯队。在返回沙河阅兵村的途中大家都睡着了,真的挺累!

···2009 年 7 月 24 日　　　星期五　晴

军委领导对昨天的徒步方队合练情况不甚满意,所以今天徐副主席亲自来沙河阅兵村视察工作,方队上下都特别重视。我们也绷紧了体内的每根神经,每个方队的命运都掌握在军委重要领导的手中,我们必须让自己的汗水和泪水流得值得,必须让烈日炎炎下的我们把腰杆挺得更直!是啊,所有的辛苦别人可以都不放在眼里,但是我们必须努力要让他们肯定我们的成绩。来吧,战友们,抬头、挺胸、收下颌、收小腹、上体拔起来、提胯、收臀、正步走……

···2009 年 7 月 25 日　　　星期六　晴

下午和二炮方队举办了一次联欢会,我相信不仅仅是我自己,所有的队友都是无论怎么联怎么欢都绷紧着每个细胞,这是一种卸不下来的压力,我们从思想从心底都放松不了,我们知道只有圆满地走过了天安门我们才能彻底地放松。方队领导对我们总是不满意,

7月25日和二炮方队联欢

期望总是一个比一个高,达到一个再来一个,有时真的压得受不了。有时会恨他们为什么不可怜我们,不同情我们,我们不是钢铁我们是人,我们的辛苦就什么都不是吗?等待,等待我们十月一日走过庄严而神圣的天安门广场!

⋯2009 年 7 月 26 日　　　　星期日　晴

上午徒步方队指挥部下达通知,下午考试。试题是关于精细训练 30 题,现在是 11:30,下午 2 点方队考,晚上 7 点徒步方队指挥部抽考。我们 8 排光荣"中标",送我们排一个外号——倒霉排。加紧背喽……我们搬着马扎坐在宿舍门前开始大声地背着——"分列式向右看摆头角度是多少?看什么地方?眼睛余光看什么地方?如何提高踢腿速度?踢腿怎样做到前面要稳,瞬间停留?徒手方队正步摆臂怎样做到向前向后停顿?……"晚上徒步方队指挥部的考试相当顺利,耶!

⋯2009 年 7 月 27 日　　　　星期一　晴—多云

第一次合练我们所有的徒步方队都很失利,最大的原因就在于那糟糕透了的地面。装备方队的训练场地早已被机械破坏得惨不忍睹了,然而袁总教练说我们走得也是相当的惨不忍睹!由此,阅兵方队指挥部也彻底改变了我们的作息时间,每天的训练时间必须要达到 12 个小时以上。也许听起来也就那么回事,可执行起来就知道什么叫 12 小时以上训练了。当 18:30 收操时我们已经完成了今天的十个半小时的训练量,但等待我们的还有晚饭后一个半小时的训练。心里极度的压抑,无论怎么调动着自己的积极性也似乎无济于事!我拖拉着疲惫不堪的身体还不得不以百米冲刺的速度去集合,去拥挤的澡堂洗那臭烘烘的汗,去拥挤的水房洗那臭烘烘的训练服……生活啊,总有这么多的无奈。现在无奈只能是一句闲话一句牢骚而已,你的生活由不得你做主,心平气和一点接受吧,还有 66 天了,坚持一下吧!会好的,一切都会好的!看着那反胃的饭菜,心早已凉了!什么也不想了,什么也不说了,我认了!

⋯2009 年 7 月 28 日　　星期二　晴

不知道现在这又是一个怎样的过渡期,有时真的觉得再也承受不了任何附加的东西了。妈妈告诉我:"只要你想让自己坚强,你就会很坚强,但如果你说自己不行了,那么你必将软弱到不击而垮!"我相信自己可以成为前一种,再大的苦难也击不倒我,相信自己。I can!似乎现在有些不思进取了,加油,向倒计时 65 天挑战,不能喊苦叫累!你必须先战胜你自己才有与别人挑战的资格,辛苦心酸现在都不算什么,连个委屈都称不上,现实中的种种有时要比

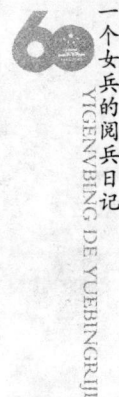

现在残酷得多。每天看着板房墙壁上写的当代革命军人核心价值观的五句话,我的心就会不由地坚定起来,我们一定要"忠诚于党,热爱人民,报效国家,献身使命,崇尚荣誉!"

…2009年7月29日　　　　星期三　阴

其实只有我自己才明白我是以何种心理,何种情绪来面对每天的生活。是的,很多时候我不想静下来打开心扉审视自己,我害怕那种凄凄惨惨戚戚的心里,时刻审视自己的日子真的不是那么好过。这里我不能表达的,也是别人无法理解的。现在渐渐地又回到了一个人的世界,很多事情只有自己才能解决,很多时候你讲给别人听没用,那是他们根本无法理解的。

站在"02"是我永远忽视不了的事,是我永远无法不在意的事,无论多久我都不能坦然,心里总是那么堵,心中的压抑与疼痛只能自己消化。人生的机遇也许就在与坎坷并肩前行,也许你的一点失误就能决定你的人生。当你不能面对这一切的时候该怎么办,我真的不知道,我只有不去想,不去走死胡同,可每天我都会想它一千遍一万遍,每到想起来的时候,心里就会那么痛,要疯掉一样,谁也帮不了我的。我是个特别要强的人,所以导致自己在很多时候都过得很艰难,也不知道这样的个性好还是不好,但自己过得很累,真的很累!也许自己这样做真的很傻,人活得也许该多善待自己,呵呵。也许我的人生就是这样的,很多时候想让顺其自然,但我做不到,我总是那么苛求自己,每当与机遇失之交臂时我总会自责,悔恨!我不能祈求命运的眷顾,因为我相信一个人的人生是靠自己打拼出来的,顽强的毅力可以征服世界上任何一座山峰。加油吧,女强人!你最棒,你能行!

明天将是赴通州阅兵村的第二次合练,地空首次合练,三点起床,等待,迎接!

···2009 年 7 月 30 日　　　星期四　阴－雨

今天是通州二次合练,包括徒步、装备、飞行三个方队一起合练,天上没有太阳,但闷得够呛。早上两点多就起床了,3 点吹哨集合分发物品,3 点 20 吃早饭,3 点 40 集合登车。也许是作息时间不太规律的原因,觉得自己身体特别不舒服,胃里更是难受得要命。8 点 30 分开始军姿站立,我向军区求救了一支高浓度葡萄糖,晕乎乎的真害怕自己倒掉,汗水恣意流淌着!第二次合练的路依旧特别烂,但都有经验了,所以走得还算成功。晚上女民兵方队邀请我们去观看她们请来的慰问

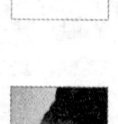

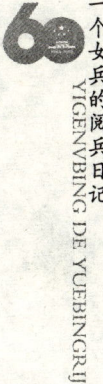

演出团,云集着许多我们熟悉的明星,汤灿、羽泉……真激动啊!

…2009 年 7 月 31 日　　星期五　晴

训练科目进行到了固化升级阶段,我们开始了拉线定点练习,四五个小时不动不倒。为了迎接总指挥房司令员的检查,我们一直从上午 8 点静站到下午 1 点,燥热的天气,长时间的静站,让人抓狂。本周内的两次徒步方队考核我们均取得徒手方队第一的成绩,在徒步方队中分别居第 9、第 5,方队长很高兴,说我们取得的成绩全部归功于我们辛勤的汗水!只有我们三军女兵方队的每一名队员知道,知道我们是如何付出的,成绩是怎么用辛苦和汗水换来的。摸着自己厚厚的日记本,心里特别踏实。同室的战友们开玩笑讲:"给你 100 万,你把日记卖了吧。"我舍不得,给我再多的钱我也舍不得卖。她们笑话我,说给她们 1 万就卖了。呵呵,我对这本日记的感情不是用金钱可以衡量的,它记录着我的喜怒哀乐,记录着我人生的磨难,记录着我们三军女兵的足迹,这一切是任何一个局外人写不出来的,任何人都体会不到的。每天的训练很苦很累,但我们很少拉着脸,每天你都会看到我们脸上洋溢着灿烂的笑容,我们都会特别及时地调整自己,我们三军女兵很强悍,无人可及!

人生的新起点——值得纪念,值得铭记于心!

晚饭后的训练现在全当是消食了,刚开训十分钟左右,就看见队长和付教练直奔我们排来了,天呐,又有什么新"圣旨"要宣布吗?

"段学敏,出列。"

"到,是!"

我心里发慌得很,这是怎么了?

付教练开口了:"你的动作现在稳步上升,很不错。现在7排基准兵的情况你也了解,因为训练伤她也已经停训快一个月了,要想让她重新再上场已经没有希望了,她的身体已经不允许她再训练了。所以方队讨论决定由你来担任7排基准兵。首先你的动作稳、心态稳、思想稳,再加上你有做基准兵的经历,动作可以说得上是极具女兵的特色……同时你自己也要考虑清楚,7排可是咱们方队的脊梁,如果你带不好这个排面那么方队必须重新再换人,我们是绝对不能让世人看到三军女兵的半点瑕疵的,那么到时候你就将会永远失去再入编排面的可能,也将失去十月一日走过天安门的机会。如果你坚持继续留在8排,你现在的位置将会很稳固,你自己好好考虑考虑。"

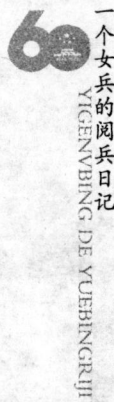

不想当将军的士兵不是好士兵。我义无反顾坚决地回答:"我愿意去7排,我有信心能做好!"

我大步走向7排基准兵的位置——开始训练。是啊,在离阅兵仅有两个月的时间里,方队如此信任我,把这么重要的排面交到我手上,我还有什么理由不去接受呢?此时我为方队能做的也仅此而已了,我不能那么自私,此时方队、7排需要我,我就必须义不容辞地冲上去,我坚信自己能擎起这片天。就算最后把全部力量都使出来了,也没能带好这个排面,即使编不了队失去了走过天安门的机会我也无怨无悔!

放心,我坚决完成任务!我一定要走过天安门!

… 2009年8月1日　　星期六　阴

固化升级的训练内容,原地齐步摆臂练习。8:00－10:50只休息10分钟,开始付教练下口令,付教练累了,换了教练员,一人喊两个小时,我们就一直摆了4个小时臂。我没有一动放松过,成千上万次的拉线摆臂练习,在并不炎热的天气里,汗浸透了全身的衣服,腋下全都磨破了。中间有段时间真的是连一动都摆不动了,又热又累,胳膊酸胀疼痛,腋下的摩擦伤让我很痛苦,汗顺着膝盖往下流,靴子里已全是水。即使这样我

7 排仰拍

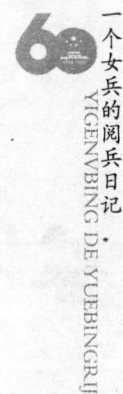

都咬牙决不放松。阅兵真的是阅人，考验一个人的意志，磨砺一个人的品质，人真的是有了希望才有动力，才会有奋斗的力量，经历了风风雨雨，才能够丰富自己的阅历，理解人生的真谛。

···2009年8月2日　　星期日　晴

雨后的星期天，又是一个没有休息的周末。心里特别的疲惫，真想可以过一个正常一点的休息日。今天的科目转换到了正步摆臂练习，8月的天气不同于7月了，有了更多的炎热，一上午训练我的汗就没停过，可能由于流汗太多了，收操前集合讲评时我就开始恶心，胃开始难受，耳朵也嗡嗡作响。想打嗝却打不出来，嗓子里一直冒苦水，汗还在不停的滴着，顺着下巴，顺着发梢，眼睛也开始发花，我用指甲用力地抠自己的大腿，希望自己可以清醒一点，我深呼吸着，可无论怎么做都无济于事，全身没有任何感觉，真的是快要晕了。我实在坚持不住了，打报告蹲下了，突然间就有了意识，觉得嘴和脸都是麻的，摸着自己冰凉的脸和嘴，我吓坏了，有生以来第一次这样。如果当时我再站立一会估计就真的休克了，回来对着镜子看着苍白的面孔，只有自己心疼自己了！

从心底来讲，我都不曾想到自己又是排头了，不知

是一种什么样的信念一直支持着我,我很开心现在的状况,即便受点累受点气也无所谓,我会做得更好

⋯2009年8月3日　　星期一　晴

训练的劳累程度真的天天都是一个极限,周末的休息也取消了,心里闷得慌。每天的训练,从早上5点开始,5点至7点,8点至11点50,14点30至18点30,19点30至21点30结束,作为基准兵每天早晨必须早起半小时,加班练步幅,午饭后和晚上熄灯后各一小时的军姿训练。连续十四五个的训练日,真受不了了,我的脚特别痛,九点半训练回来拖着疲惫不堪的身躯不情愿地和四五个人挤着去洗澡,谁能知道那是一种怎样的痛苦。我拖着脚走了13分钟才从宿舍走到水房,然后开始洗着臭气冲天的衣服,可是时间有限,还没等我洗完又得去站军姿,一小时后回来再洗衣服……累啊!训练结束了明明听到了收操号,可总教练总要再拖半小时,看着西头空无一人的跑道,心里的不平只能保留。脚上穿的靴子太硬了,脚上从前到后全是泡,泡不知道什么时候已经干了,我都没时间看它是什么时候长的。呵呵,特别可怜自己,训练场上我从不怜惜自己,每走一步路我都在咬着牙,因为我明白自己

必须努力训练,取得成绩,争气!

⋯2009年8月4日　　星期二　晴

我在潜意识里一直有一种依赖感，反正在这个世界上一定会有那么一个人，不论你怎么和她吵得不愉快，不论你怎么忽略她的存在，不论她自己有多少烦心事，你都可以不管不顾。不论你跑得再远，离家再久——她都会原谅你，而且她对你的关心永远可以保持在一样的温度。即使她那样的臭骂你了，那是因为她早已原谅你了。你知道她的双手会随时帮助你，在你需要温暖的时候，她会用心来拥抱你，这就是我的妈妈。她在我身上付出得多到我理解以外，对不起，妈妈，女儿欠您的情欠您的爱会用自己的一生来偿还，您知道我也是爱您的。

⋯2009年8月5日　　星期三　晴

她们哭了，这是为了建国60周年国庆首都阅兵苦苦战斗的三军女兵们。一群80后、90后的女孩子们在一起吃苦受累，似乎所有的领导都太"慈悲"了。她们只是一群小女生，太过苛刻地要求她们，在压力面前，在疼痛面前，也许只有发咸的泪水可以缓解这一切。我的心里也一样难受,但我要忍住,一定要忍住,必须要坚强。我安慰姐妹们,"看开一点,什么事也就没了"。其实阅兵更多的是阅人,加油哦!三军姐妹,无论怎样我们的现状也不会有丝毫变化,也许现在的磨难以后还真会成为我们人生的财富,想哭就哭吧,放声哭吧,还有56天,快结束了,盼望着日子过得快一点!

⋯2009 年 8 月 6 日　　　星期四　晴—阴

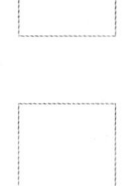

李主任来阅兵村视察,我们水平发挥得一般。下午的两次合练走得特别精彩,同时我们 7 排也受到方队领导的好评,真的走到了排面像刀切一样的效果。

人活着总是要生病的,每当这时候就会想起妈妈。好像以前不管有多大的病,也不曾像现在这样难熬,因为有妈妈扛着你的病痛。现在的每一次病痛都让自己觉得那么无助,总会想起妈妈,想起生病时妈妈为我熬的粥,想起生病时妈妈为我蒸的鸡蛋羹,想起幸福的家!

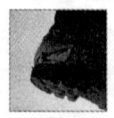

现在又进入了某个训练阶段,我的膝盖又一次出现疼痛,每走一步路都是那么的疼,心中也有无数的恐慌,可我必须改变状态改变心态。我可以恐慌,但不可以忘记自己肩上承载的责任和使命!

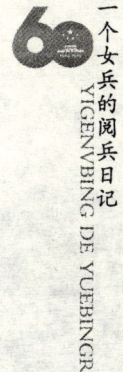

··· 2009年8月7日　　星期五　晴—阴

赴通州阅兵村的第三次合练取得的效果并非如预期的那样,明天有考核所以今天没有休息,合练回来直接就奔赴了训练场。心中虽然有许多的埋怨,可也只能训练,得到的与失去的也未能平衡。的确,付出了许多许多但得到的少得可怜,也许整个方队的训练状态都存在某种问题吧。我们付出不比任何一个方队少,每天我们是阅兵村第一个出操最后一个收操,这些所有人都能看在眼里的,可成绩总不是那么显著。有时烦心事太多了,自己过得乱七八糟的,连写日记都乱了头绪……挺烦的,加紧训练,不进则退。

··· 2009年8月8日　　星期六　晴

训练一如既往,一上午的排面比拼接着就是讲评。一只牛虻飞到了队列中,选定了从小就特别害怕小飞虫的晓欢,晓欢眼睁睁地看着这只牛虻落到了自己的脸上,然后狠狠地在右侧太阳穴上咬了一口,钻心的疼痛……1秒、2秒……牛虻飞走了,可晓欢还是一动都不动,右侧的队友突然发现晓欢脸颊流淌着鲜血,随即打报告,方队领导立即找军医处理。对于一个平时连见

被牛虻叮了的晓欢纹丝不动,她被誉为"方队的邱少云"

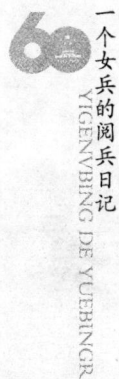

了毛毛虫都害怕的女生来说她是怎么做到如此镇定的,当那只牛虻对她进行攻击时她是怎么克服心里恐惧的,在这十几分钟里她一直都是咬着牙的,军医问她为什么不打报告时,她笑着说她只是想挑战一下自己。

我们精优的三军女兵一定最棒!

不知为什么,今天想起了我的爷爷。也许是因为我的腿贴膏药过敏了,腿现在的情况像被烫伤了一样,所以想起了冬天里爷爷的脚。对于爷爷的一些事情我的确不是很了解,因为从来也没有一个人给我详细讲过。但我知道的爷爷是一个知识分子,一生品正德隆,光明磊落,气节清高,刚正不阿,执教举世,呕心沥血,三尺讲台上写尽育人信念……1957年被打成右派,回村务农二十载,穷困潦倒,二亩薄田中耕耘真实生活,1978年平反之后家里也依然如故,一贫如洗,所以在我的记忆里爷爷不曾穿过袜子。后来到我长大一些,每到冬天我就能看到爷爷红得发紫的双脚,以致后来他的双脚一年四季都是同样的颜色。以前太小了,要是现在的话,我一定得逼他穿上袜子。大冬天的脚上穿一双凉拖鞋怎么会不冷呢?现在想起来满是心疼,爷爷,您走了,在我还没来得及以成人的方式与您交流相处时您就永远离开了我们,很多很多的遗憾,想念您,亲爱的爷爷。

···2009 年 8 月 9 日　　　星期日　晴—阴

　　这几天一直穿着受阅服装训练,外套太厚重了,所以内衬在一分钟内就会全部湿透,一天都没穿过干衣服了。全身捂满了痱子,磨满了口子,每摆一次臂就会全身颤抖。我咬着牙含着泪摆动着臂,腋下的痱子都张着血盆大口在向我挑战,每天的训练对于我来说都是那么重要,所以我决不允许伤痛影响到自己的训练。回到宿舍里我就跟热锅上的蚂蚁一样急得到处找缓解的方法,瑶瑶告诉我用花露水喷在伤口上一夜就好,可是喷上去的疼痛是可想而知的。也许正所谓的以毒攻毒吧,洗完澡后我全身像长满了口子,疼得厉害,于是我就一狠心用花露水在腋下狠狠地喷了一圈。尽管事先做好了充分的心理准备,可事实上那样的准备还远远不够充分,疼痛突然让我有一种快要窒息的感觉,眼泪都没有了,全身都在冒冷汗,我紧紧地闭着眼睛,死死地抓住床杆,用力的握紧它……过了 30 秒左右疼痛缓解了一点,唉。

···2009年8月10日　　　　星期一　···晴

今天收操特别晚,回来又是最后一批洗澡。我幸运地排到了甩衣服,平常我们可是有洗衣十分钟,甩衣一小时的倡言。刚轮到我甩衣服就吹哨集合——洗澡,我们班的人见我排到了甩桶,就把衣服全都堆给我,一溜烟地全跑去洗澡了。我刚把衣服甩完准备洗漱了,队长来水房把我逮了个正着,真是倒霉到家了,这下肯定完蛋了……晚上都熄灯了,副队长找我,为了处罚我,罚我这一周集合时查人员到位情况。唉,天啊,呼哈哈……

怎么就这么死搬教条呢,每天都这么忙,时间这么紧,为什么还规定不洗澡的人也必须集合啊,简直就是浪费时间。没办法,就是这么死板。真不知道该说什么了……

···2009年8月11日　　　　星期二　晴

北京市游行队伍今天来阅兵村组织合练,所以我们今天上午可以休息。下午面临的就是排面考核,心里真的没底。我怕自己带不好这个排面。怕自己影响了这个排面,其实每天担心的事挺多的,在压力重重下努力的训练着,我都习惯了。话说不要背着包袱训练,可我知道自己现在的思想包袱不亚于6月份的时候,我再一次被压力逼迫着,喘不过气来,甚至浑身都被压得又冷又麻。

时间一天天的逼近,走过来了就觉得时间过得挺快的,其中的酸甜苦辣是任何人都无法体会到的。直到18号我们将一直是压力重重,18号也就是定格人生的最后一次通州合练了,各级领导都特别重视。徒步方队指挥部规定的所有方队每两天进行一次考核也尤为重视。7排考了第一名,最终成绩是整齐,不知道有没有发挥出自己的作用,希望多少可以有一点吧。嘻嘻,有点小开心!

⋯2009年8月12日　　　星期三　晴

方队五加二,白加黑加班加点训练,强度不断加大,压力紧逼,疲劳把我们重重包围。心里明白这都是形势所逼,但苦和累让我有点失望。心中的苦身上的痛我们从来不曾讲给别人,只是默默地承受着。我从中学会了坚强,学会了忍耐,真正长大成熟了许多。现在我还没有资格说苦说累,没到成功的那一刻我们没有任何资格。相信付出了就一定有回报,已经付出了那么多,决不能让汗水白流。必须在"十一"那天交给全国人

民一份满意的答卷,我们的口号是:"超历史水平,创世界一流!"

···2009年8月13日　　　　　星期四　晴

认真总结经验交流:
1.队列动作要用心
(我的岗位请放心,我的岗位无差错)
2.齐步膝盖要硬,收下颌持上体稳;
3.正步,压脚尖踩死乐点;
4.对正的方法,解决八字步、保持上体稳;
5.既要肯吃苦,又要勤动脑;
6.认真、悟性,但只要再坚持;
7.稳定、心态;
8.理解。

···2009年8月14日　　　　　星期五　晴

通州的场地适应性训练是艰苦的,装备方队能放弃自己的训练日让我们训练更是不易的,一切都不易。
上午进行了一趟合练已经是10:40了。为了把握好时间,紧接着徒步方队指挥部安排我们进行流程训练。在那样崎岖的路面上进行了四趟的分列式,地表温度

53℃,整个人觉得都快蒸发了,但是必须坚持。四趟合练之后收操吃午餐,午餐并不丰盛,只有一袋压缩饼干一桶汤,这些我们都不在乎,只要能休整一会就满足了。顶着正午的烈日坐着马扎在广场上休息,下午一点钟开始训练,由于14:40必须登车出发,所以我们不得不抓紧时间再训练几趟。由于上午汗水流得太多,中午也没有补充够水分,正午的合练让我们几乎流不出汗了,三趟合练之后队友们几乎快没气也没劲儿了。三趟分列式过去三趟跑步回来(跑步返回是为了节约时间),每一趟都是我们心里喊着不倒的口号走下来的,原本以为该带回了,可袁总教练竟说再来最后一趟!虽然听到了他说回家,可不是立刻马上。我们真的是没力气了,一点力气也没有了,真的走不动了。此时也不知道有多热了,只知道自己都快被烤干了。各方队领导看到这样的状况开始给队员做思想工作,加油鼓劲!我们喊着自己的口号:"三军女兵,勇往直前,奋勇争先,团结协作,争创一流!"开始了最后一次合练,攒足了劲儿再打最后一场大仗,虽然此时有的队友哭了,但我相信我们三军女兵一定是最能吃苦耐劳的,是最有耐力的,相信再苦再累也一定可以扛过来,一定可以,一定行,队友们,加油,一起前进!

…2009 年 8 月 15 日　　　　星期六 晴—阴

人是群居动物，无论称为何种消遣都是为了摆脱孤独。然而孤独可以清心，可以宁神，人总有孤独的一刻，在茫茫人海中能孤独而会交际，才是活力的象征。孤独之独是独立、独有、独享，过去、现在和未来我们只能把握现在。虽然"现在"也会逝去，但毕竟在你掌控中。内心强大的人，只想走好眼下这一步，而不想下一步，因为他们知道未来无须怕，因为未来的未来还有未来。如果没有抓住眼下的机遇，那么这个机遇也就相当于从未存在过，悔没有用，有用的是机遇变身再来时抓住它。俗话说：上帝关上一扇门一定会为你开启另一扇窗，没有天天遇到机遇的人，也没有一辈子遇不到机遇的人，谁知道当年没有抓住的机遇是福还是祸？沉实笃定的人，对什么事都不悔。上帝看重那些生于艰难，手脚并用打天下的人，而从不垂青后悔的人。

…2009 年 8 月 16 日　　　　星期日　晴

今天又是一个理所应当不休息的星期天。因为我们是"五加二，白加黑"。下午是阅兵方队指挥部的最后一次单排面考核，7 排已取得了两次"整齐"（成绩等级),希望着最后一次仍能取得"整齐"的好成绩。但今天的天气与平常不一样,风有点大,顺着风向考核会让排面不稳定,重心会受到影响。带着 24 个人(一个排面)去考试心里可是一点底儿也没有,踩着乐点走完了,内心有种不一样的预感,但不知道这又意味着什么。晚上听他们说我们排面又取得了"整齐"的成绩,三次齐的成绩意味着我们排为方队做出了巨大的贡献,心中美滋滋的。这功劳中也有我的一份,其实更多的我只是想给排面给方队多出一份力,让更多的人可以认可我。人活着有时真的只是为了别人的某句话,有时觉得真累。

⋯2009 年 8 月 17 日　　　星期一　晴

秀秀问我,为什么感觉我最近不开心有心事一样,我说没有,可她固执地说我和原来不一样了,我没讲什么。我明白这是一种叫压力的东西在作怪,是这个无形的"黑手"让我表现得和以前的自己不一样了。是的,压力在我心头压着,让我变得压抑了许多,忧愁了许多。但不到十月一日的那一天我是不会放松自己的,决不会松一口气的,身处的环境让我无法选择别的路径。我喜欢现在的角色,如果想演好它那么就必须付出,付出在这条充满艰辛无怨无悔的路上。只有自己尽全力了

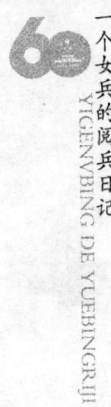

才不会后悔,无形当中的压力不可避免,希望它可以促进我。大雨淋湿了身上所有的衣服反倒让我觉得轻松痛快了许多。

⋯2009年8月18日　　　星期二　阴

通州的第四次合练推迟了,世界上真的有这么多不定数。此次我也将执行一项特别重要的任务,接受胡主席的亲自接见,胡主席将与我们亲切交谈,这是最荣耀的事了,也许这是我一生中唯一的机会能这么近距离地见主席了,内心满满的兴奋和激动,只希望一切可以顺利!

阅兵联合指挥部昨天下命令要求我们全体受阅队员必须学会唱分列式进行曲的曲谱,这样的任务也无法难倒我们,走着站着吃着睡着都在唱着谱。今天下午我们全力以赴去应战,曲谱飞扬在沙河阅兵村的上空,男兵们称我们的声音犹如悠扬的短笛声。最近疲倦极了,让我精疲力竭了,真想什么时候也可以在休息日休息半天,也可以像女民兵一样看看电影,也可以像其他方队一样今天晚上不训练,可这全部是我的个人想法,一切必须如现实一样,谁让我们是徒步当中的徒手呢?

…2009年8月19日　　星期三　大雨

早晨还在迷迷糊糊当中就听到落在屋顶上的瓢泼大雨,我知道这是生物钟的时间到了,该起床早操了,心里想着会不会不训练了,可起床哨仍是正常吹了。这段日子我做梦都想能多休息一会儿,天天被疲惫裹满了身躯,训练课间休息的20分钟我都会睡着,头脑整天都是闷闷的,站着军姿睡着了这是毫不夸张的事实,据说有人睡得还能流口水。早操是没出,冒雨去澡堂打扫卫生,又要迎检,我们把澡堂的角角落落,地上的防滑垫刷得干干净净……

明天就能见到主席了,我们受接见的队员要先到通州进行合练预演,坐车去通州的路上心情放松了好多,回到沙河的时候已经18点了。秋天到了,天也接近了黄昏,看着夕阳西下,天边的云彩显得孤寂了许多。今天路没封,能看到许多过往的车辆,心里冷冷的,想家了,特别想。我想起了暑假里一家人爸爸开车带我们观赏山村秋色,早上出游晚上欢乐的一家人再开车回家……那种温馨现在想起来却变得多了几分凄凉,已经一年没回家了,在这里虽然也有自己的窝,可是总觉得爸妈在的地方才是真正的家。

一路上,我心情挺不好的。看了一路的风景,越走

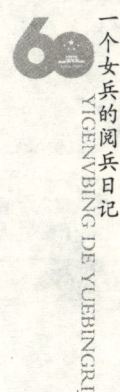

天越黑,天越黑那种思念就越强烈,有一种冲动……心里憋屈得厉害。有些话我不想讲给妈妈,我怕她担心,我只能以这种方式讲给她听,希望她可以理解。妈妈,我很爱你,不想让你过得太操劳,所以才不想讲给你我这里不悦的一些事情,请您放心吧,女儿长大了,自己的事情自己可以处理得很漂亮。

2009 年 8 月 20 日　　　星期四　晴

一生中最难忘的一天

一

今天是通州的第四次合练,也是赴通州的最后一次合练。上级说有中央领导来,我们猜测是不是胡主席要来,但内心不知怎么回事一直都不敢信,当李司令在讲通知时说:"当主席来到主席台时,请全体起立。"这时我才确信主席今天真的要来,顿时全身的细胞都紧张起来了,急切地盼望着阅兵式的到来。第一受阅方队是三军仪仗队,听到"同志们好!"的声音时我确信这是主席的声音,和电视里的声音一模一样。我们是第 5 个受阅方队,敬礼之后目视着主席乘检阅车缓缓驶来,"同志们好!"听见主席亲切的声音,真实地看到了主席,内心全是激动。当我们回答:"首长好!"时已是热泪盈眶,我能听到自己的声音都在颤抖着。"同志们辛苦了!"我们再次有机会回答:"为人民服务!"主席的检阅车离开了我们方队,我心潮澎湃,回味着刚才的一幕。大约七八分钟之后主席乘着阅兵车原路返回主席台,紧接着就是分列式的开始,我心里只有一个想法:一定要竭尽全力把一年的训练成果展示给主席。分列式全方队走得很稳健而且斜线一直保持得很好,方队在疏散线带入了休息区。

二

接着我们受接见的 25 名队员集合,准备接受主席的接见。我们在训练场地心急如焚地等待着主席的到来,边训练边等着,听到李司令报告时,我们更卖力地训练了。汗水顺着脸颊、脖颈一直流,大约三五分钟后主席来到了我们三军女兵方队队伍的右前侧。我们目视主席,距离在一点点靠近!主席从第一名开始和我们握手,和每个人都那么亲切地认真地握着手,我的视线一刻也没离开过主席,随从的人员一直围着主席,原以为主席只会和我们第一排的陆军代表握手,我想很有可能不会和我们海军队员代表握手了,因为主席握到最后一个陆军队员时他的周围围满了记者和随行,如果再下来和我们海军握手有点不太顺理成章,可我看到主席还在继续往后边走,开始和我们最后一名海军代表握手了,这样意味着我也能和主席握手了,马上就轮到我了,我内心的激动是别人无法体会的。我半面向

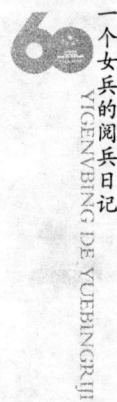

左转之后给主席敬了礼,激动地说:"首长好!"接着和主席握手。我激动得双手有点抖,主席平静有力地握着我的手,慈祥地看着我,我脸颊的汗还在不停地滴着,主席关切地说:"你们辛苦啦!"我坚定地看着主席说:"谢谢主席关心!"握着主席的手,和主席互视着,我相信那是一种力量的传递,是主席对我的鼓励。我又一次热泪盈眶!

我们围成一个小圈,我围在主席的右侧,与主席只有一步之远。听着主席夸赞我们,鼓励我们,我们的信念更加坚定了。大家一致向主席保证:"请胡主席放心,我们一定不辱使命,不负重托,坚决完成好国庆阅兵的任务。"主席听了开心地笑了,然后和我们合影留念,全是激动全是感动。这样的事我不曾想过,甚至都没有想的勇气。总觉得这样的事情怎么也轮不到我,可是老天就是这么眷顾我,给了我和主席接触的机会,让我亲眼目睹了我们国家最高领导人的风范!

三

此时此刻我最想让家人知道这个消息,我也想让他们共享这荣光,可是现在还是保密时期,我什么也不能讲!

那么我就先把想说的话记下来,以后回家再给爸妈看。

爸、妈,您的女儿和 24 名战友代表全军的女兵接受了胡主席的接见,与主席握了手,对了话,我觉得这是一生中最荣耀的事情,也是爸妈最值得骄傲的事。女儿还和主席合了影,不仅仅是这些表面的东西,我似乎从中获得了一种力量,促使我奋发前进的力量,一种无可比及的力量,一种坚定的信念!

四

我们不舍地目送主席,主席和我们挥手,我们也挥手和主席告别,有那么多的不舍在其中。我时刻都会记着主席充满鼓励、充满肯定的眼神,充满力量的手,和蔼亲切的话语,一切铭记于心,记着,一辈子都记着这一天!

五

方队集体返回沙河。以前只要一上车我就会睡觉,可这次没有。我的每个末梢神经都在兴奋着,回想着主席接见我们时的一幕幕,我怕自己一觉醒来之后把这么精彩的过程忘记了。我用心用笔把它都记录下来!

一生中最难忘的一天,2009年8月20日!

永生难忘,永生光荣,

愿您的鼓励成为我人生的动力!

我相信可以!

我想打拼出自己的一个精彩世界,

有这么优秀的国家主席,我们没有理由不把事业做得更精彩!

⋯2009 年 8 月 21 日　　　　星期五　晴

昨天晚上我们又全身心地投入到了训练中，方队领导没有讲关于第 4 次合练的任何消息，但我们知道一定是没受表扬，不然不会晚上都加紧训练的。训练跑道上只有我们一个方队再加几个出小操的个别方队的排面，我们占了跑道的半边天。我的衣服、裤子全湿透了，方队王总教练很高兴地表扬了我，我们排二说我太能出汗了。呵呵，我也不知道是用力了，还是本身自己就太爱出汗了。下午的作息时间又改了，两点就起床，这是徒步方队指挥部的新规定。真是太 high 了！原以为八月底了可以训练少一点了，可谁知道训练时间不断加长，训练量也日渐增大，真头痛啊！

阅兵方队指挥部下午发布了新的训练计划，在观礼台前来回流程训练，整齐线到敬礼线 210m 的齐步，敬礼线到礼毕线 200m 正步，礼毕线到疏散线 200m 齐步，来回拉了 4 趟，2000m 齐步，1000m 正步，走的过程中还得整个方队自己唱分列式曲谱……这样做完了 3 公里，妈妈，真的好累啊！很多队友们都哭了，我发觉自己的眼圈也微红了，心里真压抑！

教练说："把你们深沉的帽子全抬高，抬头抬到用鼻孔看人,我喊向右看,小碎步给我踩得跳起来,口号喊得要撕心裂肺。现在开始把你们的风神腿召唤回来,加大马力,挂上档,不能不扎实,也不能不老练……"这一通话之后,开练,拉了一下午的一步一动,我的胯累得快不能动了,拉了3个小时,终于课间休息了,口渴极了,大口喝着方队为我们熬的绿豆汤突然觉得像雪碧,就在这个时候我们欢呼——雪糕来了,真好吃。幸福之时,所有的委屈在内心奔涌着……

⋯2009 年 8 月 22 日　　　　星期六　晴

我说我们一定要像太阳花,其实说句再实在不过的话,我不怕苦也不怕累,我从未畏惧过艰难困苦,唯一害怕的是自己的动作有问题。为了自己的动作付出再多也无所谓!院子里换花了,换了一批太阳花。我想方队领导这样做一定有用意,是希望我们可以像太阳花一样,迎着太阳在阳光下尽情绽放,相信我们是阅兵村最强悍的。

方队通知说下午上政治教育课,顿时休息区的凉棚里尖叫起来,持续了1分钟左右,在收操带回的路上口号喊得气势惊人,可以震翻整座阅兵村。上午1600m的正步,3200m的齐步似乎没走一样!这就是我们的幸福,小小的温馨小小的幸福。

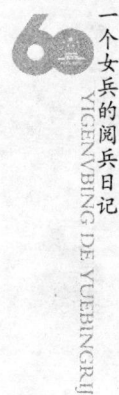

下午的政治教育课上开了表彰大会,在徒步方队指挥部组织的考核中我们排面取得了三次整齐,作为7排面的基准兵我荣立个人三等功一次,这有点让我出乎意料。我也曾想过,只是不肯定这样的功会不会给我这个"新"排头。同时我们排拿到了3000元奖金,挺开心的!

继续加油,努力吧!

正确对待得失;

正确对待苦累;

正确对待荣誉;

正确对待纪律。

···2009年8月23日　　　星期日　晴

真的是大发慈悲——休息一上午,心情也放松了许多,可是天生享不了福的我早上被全身的疼痛感折磨醒了。虽然醒了,但是只要能躺在床上心里就很高兴。休息的日子总是过得那么快,转眼间就到下午了。14:00训练,一直练到了19:00。方队果然是不会放过我们的,但总归还是有个盼头,有希望生活就不会那么难熬!

加油,还有38天!

…2009年8月24日　　星期一　阴

原以为排面、方队训练结束以后我们就会轻松许多,可哪知道这个噩梦一旦开始就会让你越陷越深不会停止。阅兵方队指挥部改变了训练方式,早晨各方队自己组织一小时训练,上午8:00—10:00两小时的军姿站立,战友们有呕吐然后继续站立的,有晕倒的……这时蜘蛛竟然把我们当成了固定物,在我们帽檐上做起了"工程",家都搬到帽子上来了,扰得人尽想打喷嚏。紧接着分列式开始,又是三趟拉练,最后又死拖了一趟,一共走了4.6公里。那种训练真是让人崩溃的训练,盼望着下午可以少训一会……可是一切都不能如愿,14:30训练,1个小时军姿,剩下的时间拉练了五趟半,来回11趟,7公里多,一天的训练量远大于上下午加起来的这11公里,这样也不能免掉我们晚上的加练,开心的是晚上外加的军姿训练我总能在12点前回到宿舍,哈哈,谁让我在空调房里还能第一个出汗呢?妈妈,我真的是在坚持,一直都在努力坚持!我不希望自己懦弱,我们所有的战友没有一个倒下的,看着男兵有晕倒的,有掉眼泪的,心里真不是滋味儿,不过同时也为我们骄傲,为我自己骄傲。在这个阅兵村我们最棒!晚上夜灯亮了,偌大的机场跑道上只有我们三军女兵还在

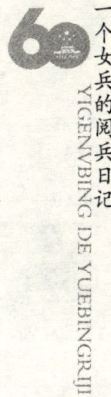

孤军奋战着,心里虽不好受,但想想只有 30 多天了,我们必须付出百倍的努力来赢得全世界的肯定!

⋯2009 年 8 月 25 日　　　星期二　阴

今天一天的训练在 24 趟拉练中结束了,真的没想到后期的训练会这么艰苦。晚上虽然不训练,但身体和心理的疲惫是这一晚上无法缓解的,可这不可多得的小休让我们每名队员兴奋不已!带着五彩的梦想,我们一起宣誓无论未来多么艰辛,我们无畏无惧。可当我们真正投入到阅兵训练中时,一切都变得那么艰难,唯有我们钢铁一般的意志坚不可摧!

我曾经也害怕过,但我真的从未退缩过。身边有那么多感动的人和事,我没有理由说我不行!对,我行,谁不行也可以,但我不可以!每天一如既往地进行18公里的训练路程。今天生病了,可能是因为拉练体力消耗太大的缘故,所以感冒了。在这个时候生病真的是让我吃不消,我连一颗药也不敢吃,怕吃药后犯困晕倒了!心里挺矛盾的,真不想生病,该死的身体!

···2009 年 8 月 26 日　　　　星期三　晴

上周尹干事安排给我一篇稿,是写写队长。是啊,纵然心中有千言万语,此刻也不知道怎么表达。和队长的相处从进入白求恩军医学院的第一天就开始了,可此刻我却不知道该怎么树立队长这个人物形象。我是一个相当细腻的人,可到了自己亲近的人身上却表达不出任何东西来;连一个美好的形象都塑造不出来。由此也想到了自己的家人,他们给予了我那么多,可我总也无法用文字表达出这其间的情感。我在他们身上忽略了很多很多,我甚至忽略了他们在我身上付出的一切。也许我曾认为这一切都是顺其自然的事情。深感抱歉,我写队长竟然得让队友帮我提供素材……心中有许多自责!

第三天的拉练让我几乎崩溃了……快点结束吧,时间的尽头,还有 35 天!

···2009 年 8 月 27 日　　　　星期四　晴

妈妈,今天又想对您说些什么,长距离高强度的耐力拉练让我的双脚承受着巨大的痛苦。左脚脚跟除了泡什么都没有了,连一点好的地方也找不到。每走一步

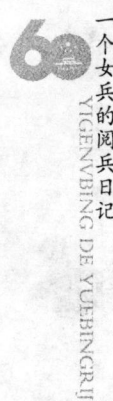

都在绞痛着我的心,每天刚开始训练都得咬牙坚持一会儿,等这个劲儿疼过去了,才可以顺利地走好以后的每一步。晚上很艰难地把马靴从脚上拔下来,不知道自己怎么收拾这脚下的残局。疼痛占据着一切,用针把泡刺破了,液体竟然喷射出来……妈妈,日子天天过得很辛苦,您可知道?祝福我吧,妈妈。祝我的脚伤明天一眨眼就可以痊愈……

武警政治文工团来慰问演出。

···2009 年 8 月 28 日　　　　星期五　晴

觉得这几天的训练有点狂热,心中有种不太平的感觉,不踏实!

脚上的泡让我只能再次刺破引流,没什么大不了,坚持!

很多人问我阅兵生活的味道,我想说是百味,但一定是新鲜的味道。

···2009 年 8 月 29 日　　　　星期六　晴

妈妈,脚上的泡真的是那么的疼,每走一步就像疼得要晕倒了一样,但我一直在告诫自己一定要坚持。我相信疼是疼了点,但我一定不会倒下的!

今天夜里我们要到天安门进行第一次预演,可白天也没给我们时间去调整休息,但我相信我们的铁娘子军。

…2009 年 8 月 30 日　　　星期日　晴—雨

天安门预演结束了,效果是我们每个人又不曾想到的,很糟糕。方队糟,排面乱,自己走得也烂……连续作战一天一夜的困乏,场地的不适应,灯光的强烈照射,影子的影响,新闻媒体的相机闪光灯的干扰,真的是诸多不利因素与我们做着斗争……先拉了一次程序,最后进入了适应性训练,拉了 3 趟,每一趟都很乱的。地面也那么糟糕,比通州阅兵村的地面好不了多少。我感觉到所有的相机都在我的眼前,闪光灯闪个不停……谁能了解到当时的那个状况?天安门前的灯光很明亮,可太亮了,那么的刺眼,影响到了我们做动作……一切都不顺利!

回来的路上已经是凌晨 4 点多了,困意席卷了我的全部,直到下车了我都醒不来,邻座的战友叫我下车我都睁不开眼。真的这一周苦练够了,永远也不想再有这么一次了。回来睡觉也不能痛快地睡,心里一直惦记着什么时候吹哨起床训练啊,这样的生活一生不会忘记,这一生也不想再重复!

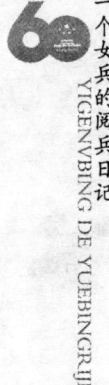

剩下最后的一个月了,但觉得无比漫长。一切心里的障碍横立在我的面前,也许一切自己都太在意了。从现在起必须忠告自己,你的唯一思想就是练好动作,做到自己永生不后悔,其他没必要的思想全部放弃!

下午,方队的八月份集体生日会由我来主持,虽然很疲惫,但我依然尽心尽力想做好这份工作。有很多电视台(CCTV)和记者来访,会在十月一日以后播放的哦!

···2009年8月31日　　　　星期一　晴

从天安门适应性训练回来之后,我的状态就不是很好。似乎把以前训练的那种状态彻底地忘了,遗忘在了天安门广场,现在这样的状态是绝对不可以的。

生活中我不敢承认的事情太多太多了。是的,那需要一种勇气,很大的勇气,有来自四面八方的压力,让我失去了信心!

生命中有一个时刻帮助你的人真的是一种幸运!我很满足自己身边能有这么一位"贵人"相助,我直言不讳地讲,她是我的队长。真的能感受到她对我们的好,自己的状态怎么样,不仅仅我自己知道,关心我的队长也同样那么清楚。休息时间她特意叫我,说方队来了一位"神医",让我去放松一下全身,当时真的是那么感动。大拉练中她能想着我,惦记着我,心里全是感动,我从心底感激着她。也许她现在在办公室里正在埋头苦干着什么,但她绝对想不到我在这里滔滔不绝地对她大发感慨。队长,真的是感谢您,千言万语也不能表达我内心的一切感受。

曾记得我的动作每有一点长进,我心里第一个想让知道的人就是您,我想让您看到我的进步。当我的动作质量下降时,我最不想让知道的人也是您,我想等我再次提升时再让您知道我是从落后的状态赶上来的。我也不明白这是一种怎样的心理。真的,每次发生什么事情的时候总是那么不由自主地想到您。我是个嘴上表达不出任何感情的人,总之,很感谢您。我们让您操心了,我只想用更多的努力换来最优异的成绩来回报您,换您一个 big smile!

⋯2009 年 9 月 1 日　　星期二　晴

最后一个月的开始!

很久一段时间以来我不愿去反省自己,以至于我的生活乱七八糟的,不知为什么不想回首!

现在乔乔站在我的后面,其实心态还算平和,可只要她发出异样的声音我的心里仍然无法平静。但只有我自己才明白我真正的心态,也许⋯⋯现实的我纯真

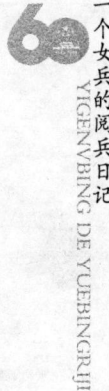

点好,不喜欢这么虚伪的自己,现在才知道一个人可以做很多事情。

我们的"万里长征"依然进行着。加油!

⋯2009年9月2日　　星期三　阴

心情糟糟的,今天训练的时候被付教练点了两次,说我大下颌,问我是不是用大下颌去钓鱼。不让任何人任何事影响自己是真的不太可能做到的,很难,要求自己只有给7排争光的义务,没有给7排抹黑的权利!

坦然地生活不好吗?不是的,我也想那样生活,做一个坦然面对一切的人,我又能更轻松一点。现在的自己好累,表面上我的坦然远远不够,自己的内心更需要坦然……我永远也变不成我自己希望的那样,太苛求自己了吧,我太奢求完美了!

为了十月一日献上一场精彩盛典,我们努力了一年。也许说过多了就虚伪了,可我们的确是为了圆满完成这项光荣而艰巨的任务而不惜一切代价辛勤地付出着。

…2009年9月3日　　星期四　晴

阅兵方队指挥部仍然在进行着固化升级训练，我们也一趟又一趟地被拖着，精疲力尽，可以用奄奄一息了来形容。在左转弯走时，左脚起步右脚落地时突然觉得右腿膝盖内侧好像用针或刀拉了一下。这种疼痛是我以前不曾体会过的，可还在大循环我无法看个究竟，那个口子隐隐地疼着，伴着我一起拉练。当三圈六趟结束后我看见的是完好无损的腿，我刚想把丝袜拉离腿看个究竟时，发现丝袜和腿疼痛的部位黏在了一起，拉起来看见一个小眼儿，周围已经全淤了。后来高医生讲这是蜜蜂蜇了，我只是微微苦痛地抿抿嘴笑了。在这里生活有太多的无奈，太多的身不由己，这是长这么大第一次被蜜蜂蜇……

…2009年9月4日　　星期五　雨—阴

又一次夜幕下掀开自己的日记本，对着它，我的心竟然平静了那么多。固化强化训练每天依然进行着，每天大于18公里的循环，这都可以变得无所谓，可阅兵方队指挥部今天竟把晚上的时间也挤到了极

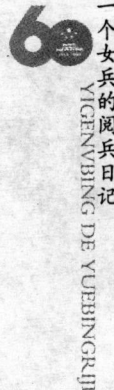

限。19:30开始模拟明天晚上的天安门预演,先是一个小时的阅兵式站立,然后开始了模拟现场训练,绕阅兵村走了一圈还没有达到目的,又来了个第二次。走完一圈回来大家都快瘫在地上了,听见男兵方队鬼哭狼嚎的吼声不禁有点失落,我们女兵有痛不能大喊……那种疼痛闷在心里犹如伤口被腐烂的疼……深吸一口气努力拖着自己的身体走完了第二趟,听见袁总教练说各方队带回,嘴里念的那些感谢大家配合的话此时变得那么不顺耳,让人心烦。心里有怨,那又能怎样?为了这场盛典我们女兵方队付出了多少?谁也不会知道我们背后的辛酸!今天晚饭的时候突然来例假了,我想方队中一定有很多姐妹和我一样忍着生理疼痛还在拼命一样地踢着正步。

带回的路上,我连颤抖的力气都没有,用仅存的呼吸来证明自己还活着,真想死在训练场上算了,22点了,明天的一切不会因为今天晚上的劳累而有任何改变。

十月一日,我们盼你盼了一年,恨你也恨了一年,盼你,恨你!恨你让我们500多名姐妹如此吃苦受累,盼你快点到来早点结束我们艰辛的生活。为了你我们付出了一切,乃至自己的生命都在所不惜,你懂吗?明白吗?为了给你一场盛典我们2009年里全部是艰辛……

为了使方队达到"三线"整齐,我们使用各种训练方法,这就是其中一种

疼痛、苦累、艰辛占据着我的一切!
眼泪又能证明什么?
好了,讲出来了,也该休息了,关上手电睡觉,明天还得一如既往,哭过了就好了,一切恢复!
女兵,三军女兵个个都是最棒的!

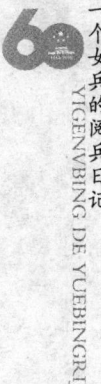

…2009年9月5日　　星期六　阴

现在自己真的是睡一觉就全都好了，再也不会想昨天的破事了。拉练一如既往，苦累一如往日，这些就不说了。下午徒步方队指挥部指示自行组织训练，在训练中教练送给我三个字："别闲着！"他在全排讲："你的腿不定位，踢出来还落，昨天教练员一起开会的时候讲到各排的基准兵，一直夸咱们排头要求严，说其他基准兵都松得够呛，可我说就是动作差点。咱们排头的要求确实很严，但咱们要好就好全了，要求严标准高咱们动作也必须很过硬，要让别人服你，彻底地服你！"我心里明白他的意思，他是教练员中的班长，又是一个严要求的人，有时挺苛刻的。我作为他的基准兵，必须时刻严格要求自己，我的动作在排面里不是最好的，折服别人确实不容易，所以我必须用比别人多百倍千倍的汗水浇灌自己的动作！

"要想干好这个排头，别闲着！对于你我不会心慈手软，慈不掌兵！"教练对我说。

晚上休息，给家里打了一个电话，爸妈一直都在默默地支持着我鼓励着我，挺欣慰的！还有25天的时间，可总觉得时间过得那么慢，一定要加把劲儿啊，再咬咬牙就过来了！

9月7日凌晨天安门预演

爸爸属于那种不到紧要关头不讲话的,晚上打电话爸爸讲了好多,多半也是让我不能松劲儿,越是到最后越要严格要求自己,注意自己的身体,学会保护自己!

今天在队长那撒娇说快累死了,我揽着队长的腰,队长也轻轻地拍着我说:"累了,累了,真的是累坏了,悦悦(学校的同学)前几天还跟我联系了,快了,再过20来天,等咱们回去了疯玩去,我给悦再请一个星期的假……"我都开心地跳起来了,有如亲人般的队长在身边好踏实!

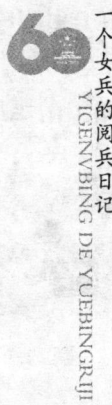

平时别看队长"铁面",想着在良乡时她给我们按摩受伤的脚,用自己的腋窝给我们暖牛奶,为给我们争取休息日而流泪,为了我们放弃了对年幼女儿的照顾,心里满满都是感动。有这么好的队长在身边心里好踏实。

···2009年9月6日　　星期日　雨—晴

天安门首次合练推迟到明早凌晨。雨一直淅淅沥沥地下着,好不容易雨小了一点了,阅兵方队指挥部拉练了一趟,下午休整。晚饭前我们都打扮了一番,还用了方队给我们发的化妆品,可无论怎么化妆都觉得自己挺黑的,而且感觉挺丑的。20点开始登车时突然又下起了雨,看来这天气预报也有失误的时候。要冒着雨合练预演啦,一个小时多点我们就到了长安街,雨竟停了。映入眼帘的是那么多的彩车、装甲车、记者、群众。他们看见我们欢呼雀跃,是在欢迎我们的到来,心中不禁一振,与以往完全不同的感觉,此时此刻必须注意自己的一言一行,否则有可能影响到我们整个方队的形象。那么多的相机、摄像机在不停地抓拍,不一定哪一个小小的眼神就被捕捉到。听到那么多群众高呼"共和国万岁","女兵,你们是共和国最美的","太帅了"等等赞美的词,心中的自豪此刻才显得那么逼真,以前总以为那一切都太虚假太夸张了……紧张的情绪不知什么时候已经悄悄地滋生,从阅兵式站立开始就紧张。

"快,5、6、7……看,这里,这里,这是7排现在的排头,原来可是你的位置啊……"

方队长、王总教练带着一位穿便装的女同志走过来,

"来来来,我一定得拍个照啊!"

后来才知道她是1999年阅兵女兵方队7排的基准兵,现在在我们山西省公安厅工作,缘分真的就是这么微妙!

怕自己在午夜这个点犯困,一口气喝了两个红牛饮料。去的路上怎么也睡不着,站立了没多久两眼就开始冒圈圈,心里也特别紧张。怕自己的一个微小的眼神被抓拍到,我一直在尽量疏导自己放松放松,轻声地哼着歌,鼓励自己,但困意还是一次又一次的袭击着我……终于等到了分列式,一切几乎在我的掌控之中,还算成功,预期的和结果接近,唯一没有准备的就是有群众不停地欢呼着为我们加油。天安门东西华表各有一个大屏幕放映着我们的各个方队,今天状态特别好。到疏散区时,装甲方队驶来了,三个坦克并排行驶,最左边的一辆几乎是擦着我的身体过去的,速度、风力、重量都是惊人的,同时也影响到了我,吓得我浑身哆嗦,害怕被撞到,简直太恐怖了!呵呵,合练效果

不错……

刚回到阅兵村雨又下了起来！时间 3:30。

像释放了些什么一样，无比轻松！

⋯2009 年 9 月 7 日　　星期一　晴

方队今天休息。昨天晚上可能有点受凉，也许是熬了一夜没休息好，所以头疼得厉害。下午方队集体拍照，原以为会很好玩，可我们一直在方队摄像师指导下摆着阅兵式敬礼、答词、分列式的造型，所以让我越来越烦。18:10 了，给我们十多分钟的时间可以自己拍照，我头痛得厉害，什么心情也没有跟着她们胡乱拍了几张。开饭回来的路上遇见了队长，本想和她走一段路就各自回宿舍了，可走到她办公室门前我刚想走，队长拉着我的手没放，于是我就跟着进了她办公室。队长给了我好多零食，也许是因为这几天超市禁止我们去了，所以她觉得我们一定嘴馋了——"来，回去分着吃。"呵呵，超感动的哦！心里总是暖暖的，有队长在身边真的已经很幸福了！知足！

…2009年9月8日　　星期二　晴

　　昨天的休息真的是很管用耶，今天的拉练就这么轻而易举地被我们拿下了，一点也没觉得疲劳。各个状态超佳，这样的训练才是最有效果的，可是指挥部是不会如我们愿这样训练的。

　　剩下22天了，可觉得像还剩220天一样，觉得日子无边无际的，没有尽头。晚上站了第一班夜岗，秋天到了，穿着厚厚的大衣，被露水包裹着，大衣湿漉漉的，晚上10点到12点是最困的时候，好不容易熬到了下岗，此时睡觉是最美的事情！

　　有时想想200多天都坚持走过来了，这20多天不能坚持了吗？这一年是我人生中极不平常的一年。色彩——没有，也许更多时候我会用灰色来形容，精彩度也许亦不值一提，但它给了我经历让我从幼稚走向了成熟，懂得了那么多真理。以前认为成长是一件多么平常的事情，今年我才明白连成长也需要足够的勇气才可以，要想成功必定会经历艰辛的岁月，人的潜力是无限的，意志是不可磨灭的，当你战胜自己的时候你就可以骄傲地告诉这个渺小的世界你有能力战胜世界上的一切。

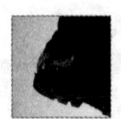

　　阅兵——阅人！

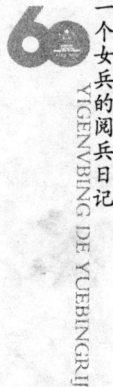

…2009年9月9日　　星期三　晴

今天"09—09—09"。

由于下午要进行受阅杯——"歌声嘹亮颂祖国"的歌诵比赛，所以上午的训练阅兵方队指挥部故意拖长时间，三圈拉练走完了阅兵方队指挥部说中央电视台要拍摄，所以必须再来一趟，一听就知道是借口。刚刚走了那么多趟随便拍哪一趟不行，非得再来一趟。大家埋怨声连天，连走好这趟的信心也没有，但还是尽自己最大的努力完成了这项任务。头顶火辣辣的太阳，无法呼吸，真可谓"开心大转盘，每天转转转"！

"谁能告诉我我们是什么，我们还是女人吗？有人当我们女人来看吗？"听着室友严肃的问题，我们都不语，心里都超难过的。男兵都把我们称作黑山老妖，亲爱的男兵战友们，请不要笑我们黑，我们三军女兵以黑为美，请别说我们个个像男人，没有女孩的可人，我们把自己所有的美都奉献给了这场盛典！

…2009年9月10日　　星期四　晴

离"十一"的日子越来越近了，训练让我呼吸都感到紧迫。周一给表妹打电话了，其实挺羡慕她现在的生活，自由、稳定。而我依然飘无定所的，谈什么都没资格。唉！一切都不知该如何是好，做好眼前的才是最佳的自己！

从小一起长大，一起上学，一起当兵，一起考学而后无奈又去了白求恩军医学院，走到现在结果完全的不同……感叹人生！

分开之后的感情似乎不像以前那么好了，过去那种亲密变成了一种陌生，讲话变得那么空洞，好像没有太多愿意讲的话题……变成这样很可悲吧，多么怀念童年时代的我们。

⋯2009年9月11日　　　　星期五　晴

小月问我："你怎么会写那么多的日记，肚子里有那么多的话吗？"

嗯，是啊，肚子里的话太多了，不写出来没有地方放它们，怕它们在肚子里烂掉。我写了这么多的话，可从来不想返过头来看它们，我知道是自己没有勇气。如果哪天真的看了，一定是在十月一日之后了。

难！做什么都不容易。最近电视里有许多关于阅兵村的事情，可报导我们三军女兵方队的少之又少，方队给我们的解释是我们是压轴的要保密！可大家心里都不高兴，因为女民兵在社会上大肆宣扬，而我

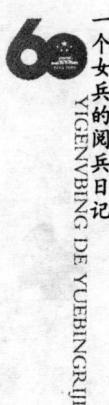

们……很多家长以为电视上蓝衣服的女民兵就是我们三军女兵。上不上电视节目这些都是次要的,可现在我们就是不蒸馒头也得蒸(争)口气,现在社会上对三军女兵一点印象也没有,到十月一日真不知道电视观众还认识不认识我们。

···2009 年 9 月 12 日　　　　星期六　晴

以为今天下午会休息,可一如既往的训练让我们彻底失望了,也许以后求得一次休息更是难上加难了。以往的阅兵训练到了这个时候就该减量了,可今年不减量反而一个劲地的增加训练量。我忍,我忍啊……也就忍这么几天了,咬咬牙顶住!心里默念:"精准胜于一切,英姿靓于一切,意志坚于一切,团队高于一切!"

···2009 年 9 月 13 日　　　　星期日　晴

剩下的日子越来越少了,心里装的事却越来越多了,担忧似乎明显比以前多了不少,自己的好心态也一溜烟儿地不见了。内心更多的是惶恐和不安,很多原因加在一起才会导致现在的结果吧!

愁、烦恼原以为是一样的事情,可现在在我的理解中愁比烦恼更伤神。在这一年的时间里,烦恼的事一点也不少,可真正愁得吃不下饭睡不着觉的事也没几件。有时我在自问:人活着到底为了什么?每个人都有不同的理解。活着的意义丰富多彩!活着很重要,心活着的人躯体才有存在的意义。有时觉得心死了,是累死的。原以为自己就这样会倒下,可睡一觉醒来自己还是坚强地活着,怎么也倒不下,而且越来越不是原来那个自己了,变得那么坚韧、坚不可摧,韧则是那种伸缩性不受原长度限制的韧。受阅,改变了我。

…2009 年 9 月 14 日　　　星期一　晴

阅兵方队指挥部依然遵循着原来的训练流程,日子像龟爷爷一样停滞不前。越是接近尾声的时候时间就越是过得慢,不知道　十月一日之后会不会留恋这里的训练、生活。可现在是一点也不想再多呆半秒钟,这一年受够了,不想再被折磨了!

任何事情尝试一下就足够了,不必那么伤神费力地投入每一件不适合自己的事,也许强求的结果会更糟糕。心里很茫然,失去了自己的自信,不再像那个不低头、又骄傲的自己了,我不想看到自己这样,加油!不能讲你不行,你行,一定可以!找回那个自信满满的自己,自负也可以!

…2009年9月15日　　　星期二　晴

每天只要有时间就会拿出日历来翻翻画画，过一天划掉一天，有时一天拿出来好几次，可只有晚上才有勇气把这一天彻底地从自己的脑海中划去。

周日晚上，我们方队集体组织观看了《军事纪实》，报道三军女兵方队的内容大约有5分钟。我看到了自己小小的两个镜头，一个是玉燕在跳舞的时候我作为主持人站在她背后，另一个是方队在走分列式刚好拍到了海军各排面，心里还是蛮高兴的。

我的病痛很少在日记中出现，我觉得这是件特别丢脸的事，从内心排斥这样的事发生。听他们讲付教练1999年阅兵时和他排头的事，我的心里竟有一种不一样的感觉，想到了与原来教练训练中的诸多磕磕碰碰……我是个不记"仇"的人，但我还是不能容忍在自己生命中还留有这样一个人。离开了，是幸运！

…2009年9月16日　　　星期三　晴—阴

躺在床上心中有千言万语，拉上了窗帘与外面的一切隔绝，但我明白自己的内心用什么也无法和外界隔离。心中密密麻麻的事情把我包裹得严严实实的，压得我长出了许多白发,血液变得如此黏稠,就要快流不动了。现在有时会乱写日记,说些那么空洞的话,都没有记录生活的勇气!

成长的勇气没有了,

坚持的信念失去了,

自信的自己击垮了,

一切归零了……

我没有勇气撑下去了!

谁能帮帮我?

倒计时14天的日子里我整个人都失去了勇气,不知该怎么继续?

没有人可以帮我,自己在这里迷失了一切,该怎么办啊?

怎么办?

无助……

我被自己击倒了,我曾说,战胜了自己你就战胜了一切。现在自己成了我最大的敌人,过不了这个坎怎么可以战胜一切?连成长的勇气也没有了,困难终于狞笑着将你击败……战胜自己,狠心拿下自己!

战,胜,要战就一定要胜!

···2009 年 9 月 17 日　　　　星期四　晴

到了现在这个关键时刻我知道是不允许自己这样的,现在的自己情绪特别不稳定,伤痛让我的压力不断增加。是的,这是一种恐怖,从我站在"NO.1"这一刻起我就有压力,可这种压力我从不曾和别人讲过,因为我相信自己的心里可以盛得下许多东西。我害怕这样的生活,我怕关爱我的人看见我生活得不好而失望,怕你们再次为我担心,怕我在你们的目光中失败……

我不想让自己天天活在战场上,但我没有选择的权力,我必须在战场上。曾说过:只要我还在自己的职位上我就会与天斗与地斗与自己斗,直到自己倒下的那一刻我也会站着倒下,挺着膝盖倒下。这就是我,这就是我给自己的要求。在这里最关心我的就是队长,每次在我最灰心的时候,都是她那坚定的眼神鼓舞着我。虽然我嘴上从未说过,但我摸着自己的心曾无数次地对自己讲过,她是值得我心疼的人。无论在别人眼中她是什么样的,在我心里她一定是一个完全不同于别人评价的人,她令我温暖令我感动。

在这 200 多个日日夜夜里,我天天都鼓励着自己硬起骨头向前冲,当然有许多时候我也想退缩,可我还是咬着牙,坚持着。因为一直有个人相信我,有人相信

方队分列式训练

我,相信我可以……

　　我心中的疼痛、心中的压力最不想讲给自己的爸妈和自己最亲近的人,我不想让他们为我担心。我想成长为一个独立的孩子,让他们放心的孩子。我相信再大的苦难也难不倒我,我可以突破……

　　感谢你们,我心中最亲近的人!

　　…2009年9月18日　　　星期五　晴转阴

　　赴天安门的最后一次合练,心情比上次放松了许多。就在上午拉练完的时候中队发生了一件不快的事情,是队长和6排教练之间的,具体情况我不太了解,但看着队长的表情我特别揪心。周围许多战友有许多的言论,我始终站在队长这边。战友们派我这个代表去

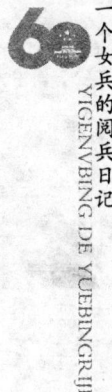

看队长,我想安慰安慰她,可不知该讲什么,队长摇摇头说:"都是白眼狼……"我心里有点微微地疼,是在心疼队长。

··2009年9月19日　　　　星期六　雨

合练的成绩尚佳,方队领导、总后领导、阅兵联合指挥部、阅兵方队指挥部都给予了我们充分的肯定。这是我们近300个日日夜夜换来的,是我们用汗水和泪水一起换来的。

最近心情一直不太好,总是容易怒,听到什么声音都不顺耳,我给它起了个名字叫"阅兵训练综合症",但我心里明白是因为身体的原因拖了自己的动作,所以心情才会变得糟糕而又复杂。我现在只想快点结束阅兵,再多一天也受不了了,时间过得好慢呐!

觉得自己过得好压抑,快得抑郁症了吧,憋屈……快点结束吧!

··2009年9月20日　　　　星期日　晴

今天是四个小时的训练日,相对会轻松一点。可对于我们李教练柱子哥,这绝对是不成立的。自从来到7排,我身上的伤痛一刻也没有停止过,比在8排卖力了很多,所以受伤的几率也明显增加。

右腿一直疼着,有时候疼得难忍,真想打教练一顿,让他下个口令休息10秒钟。这样专攻他的最爱一步一动,谁都受不了,7排的腿的确有劲儿,可那都是拼命砸出来的,再看看7排有这么多训练伤,那是玩命的结果。

其他排的队友最烦跟着柱子练,只要他一练那就是和死神在拼搏了,肝都颤,坚决不会休息的,每步必须让你拿出硬邦邦的动作来。作为"NO.1",我不想让他对我的动作有任何的不满意,所以自己的身体垮了无怨。今天倒计时10天了!

···2009年9月21日　　　星期一　晴

今天倒计时进入了一位数,欣喜!谁知道我现在的心态啊,过一小时如一天的难啊,天天熬着数着过日子,这种生活太难熬了。

一个多星期没给家里打电话了,心里装着太多的事所以不愿意给家里打电话。打也不知道该讲些什么。现在我急切地想离开,急切地想摆脱这里的一切。腿伤又开始困扰着我的训练,每天晚上一个人在黑漆漆的角落里做理疗的时候就会格外失落,听着队友们的呼噜声……那种悲壮的鼾声让我揪心。以前膝盖疼胯疼

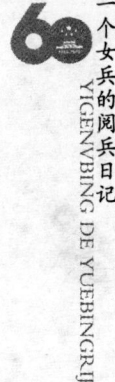

还可以外用麻醉剂,现在的疼痛用任何外用药都过敏,而且这次过敏之后的丘疹又大了许多,跟水泡似的,每次汗水浸着这些疹子就奇痒无比,愤怒之下"一不小心"就抓破了,愁死人了。怎么这样惨的事也能发生呢,是注定让我残吗?唉……

妈妈,你知道我多痛苦吗?真不知道是什么一直支撑着我走到现在。好累啊,太累了!我心里的委屈您可知道,每抓一次地都忍着腿的疼痛还要全力以赴地把腿再快速踢出去,妈妈,请原谅我这么不坚强,请原谅我在这里什么都讲给您。感谢您在这里成为我唯一的依托,在我快要倒下的时候您成为一个强大的基石支撑着我。妈妈,好想你啊,心里真难受,眼泪不争气地滴着,我咬着自己的唇告诉自己一定要坚强点,再坚强一点,胜利就快到来了。

您说您相信我的毅力,相信我可以把自己的情绪调整的很好,但现在我的软弱正疯狂地滋长,压得我快坚强不起来了。

但还是请您相信我,我有能力。无论多痛多难熬,站在训练场上我就是钢板一块,没有任何事情可以影响到我的正常训练!

妈妈,真的好想您!

…2009 年 9 月 22 日　　　星期二　晴

膝盖越来越疼了,天天都在挤时间做理疗,可效果一般吧,跟着柱子这么拼命地练着总有一天会残的,这是我唯一深信不疑的。中队、方队的队友一看到我们柱子哥训练就肝颤……

今天上午的训练没有平时辛苦,因为是中队统一训练,所以柱子还是让休息一两次的,呵呵,更喜欢这样训练。她们都特别同情我们7排,我们这样的教练让人吃不消。

今天边做理疗边总结了一下"柱子哥"这个危险系数高达5级的人物语录:

"找死连贯动作,正步走!"

"胳膊、腿都夹不死,属企鹅的吧。"

"说你行你就行,不行也行,说你不行你就不行,行也不行。"

"想干总会有办法,不想干总会有说法。"

"中队集合小碎步跺起来,方队集合大碎步跳起来。"

"脑袋里一边水一边面,搅和搅和就是浆糊。"

"齐步脚跟使劲磕,磕断了有赏(晚上多吃两包子)!"

"歪个脑袋弯个腿,烧鸡啊你!"

"最后五动,给我使足劲儿(起码还得十几动,他不识数)!"

"跑步立定跟拖拉机似的,我教你这么立定的?"

"让你们活动几秒钟还展开了啊?"

"踢得什么玩意儿,自己感觉还挺美的……看我……"

"看到你们我的训练激情就来了,你们有没有激情啊?"

"我忘了你们的脑子小,跟核桃似的,而且是山核桃!"

听着教练的这些"名言",我们把它当成一种调味剂,当成一种开心的理由,说实话能调动不少训练的积极性。

…2009年9月23日　　星期三　晴

自私地总以为自己顶着巨大的压力训练着,可我忘记了有人同样顶着也许比我还大的压力在为一些事情支撑着。

在日记中我从来没记录自己和7排这个团队之间的关系。新的成员,加入一个新的排面,而且作为"领导者",让排面里的人接受你,自己立足,很难很难。以前一直以来我想着不被排斥就可以了,我不奢望她们可以信服我。站稳脚是难的,取得教练的认可更是难上加难。到现在我想讲出来,压力让我过得很辛苦。当我在那些只看重结果的重要人物眼中不那么优秀时,感谢这些顶着巨大压力为我撑开一片晴天的人,因为他们看到了我不懈的努力,看到了我顽强的拼搏,看到了我成长的过程,这一切我都明白。有时自己不优秀就特别内疚,她们说我是一个天真的孩子,是的,我相信每一位关怀我的人,信任源于一颗真心。

最近的训练心态真的不好,也许是时间在作怪,让我惰下去,得过且过地度日子,今天该彻底反省一下自己了,这样再混下去以前所取得的成绩将灰飞烟灭。必须激起自己的斗志,加油,为你巨大的精神支柱努力!不能放松自己,努力吧!

···2009 年 9 月 24 日　　　星期四　阴

一件事情接近尾声的时候总会放任自由地随它去,从小自己就是这样,虎头蛇尾,总觉得有以前的成绩足矣,结尾的地方不必那么辛苦了。其实错了,现在我才明白尾巴也是那么重要,甚至比头更重要。画龙点睛之处也在结尾,必须挺胸抬头,斗志昂扬地走好为数

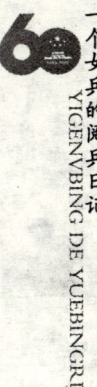

不多的几天。

人总得有一位良师在身边,当你处于下游时这位良师会指点你,甚至在你爬不起来时可以拉你一把,让你游到上游去。感谢生命中这样的人。

加油,不能泄气!

···2009 年 9 月 25 日　　　　星期五　阴

很特别的生活让我回味着这特别的感觉,心里明白许多事情,有时也会暗暗疼着,可还得强装地笑着。陈教练说我们阅兵阅老了,是啊,不老不正常了,心理上老了许多。因为经历了太多,我已不是一年前的那个经不起风吹浪打的小孩子了。特别的经历磨励出了我现在具有杀伤力的眼神。我想那不是一种苍老的表现或许是成熟的标志。

头发又一次剪短了,心中虽然有千个万个不情愿,可为了十月一日的盛典,这些又算得上什么呢。为了那一天我们已经付出了那么多,现在绝不能在关键时刻犯糊涂。

这几天八一制片厂在阅兵村拍各方队的镜头,一位摄影师总是在不停地给我们女兵拍照,希望他把我们最美的一面展示给世人……

明天赴通州最后一次合练,也是十月一日之前的最后一次合练了,全程完全按照十月一日进行。

…2009 年 9 月 26 日　　　星期六　雨—阴

大雨不停地下了一夜,一夜中也醒了几次,每次都是被瓢泼大雨惊醒,心中一直惦记着今天合练的事情,怎么也睡不踏实。4 点多钟起床,雨仍下得很大,可合练如期进行。

虽然在雨中进行了最后一次合练,但取得的效果是显著的。这次从 5 排到 11 排基准兵加前 5 名有特写镜头,但基准兵的摆臂不尽如人意,队长讲了我的正步臂端得不够,我一直和阿娇窃窃私语这个事,一路上叨叨久了,阿娇说我小心眼儿,老说这个臂,没完没了。

剩下 4 天的时间了,努力做到最好吧!

…2009 年 9 月 27 日　　　星期日　晴

训练一如既往,今天是星期天,可我们连这天两小时的休息也保不住了。唉,阅兵方队指挥部依然组织拉圈训练,也许是昨天的那趟合练不很顺利,所以袁总着急了。今天全天一如既往地训练。

心里真的很不甘,就剩 3 天了,阅兵方队指挥部为什么不理解理解我们,让我们缓一缓啊!是的,我们都

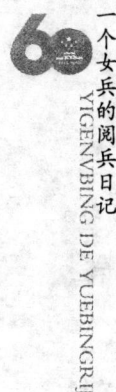

知道正步这事儿一天也不能停止,这个是我们心里都明白的。可心里总觉得疙瘩,以前所承诺的什么什么时候不训练了,到什么时候光休息之类的话,现在只成了一个泡影。这几天每每打开日记本心里就会特别的烦躁,是的,那是因为现实的生活让我压抑到了极点。只剩下3天的时间了,总觉得还剩3年。下午原计划是物品点验,可阅兵方队指挥部13:30就开始在大喇叭里喊组织我们大合练,连午休都取消了。每个人心想估计走一趟就完事了。刚通知不到一分钟袁总就开始在大喇叭里喊:"你们各方队怎么回事啊,天天磨磨叽叽、婆婆妈妈、慢慢腾腾、啰啰嗦嗦……"我们飞速集合,跑步前进至观礼台,30分钟的军姿站立,3圈的分列式之后,又听到袁总的大嗓门在那里喊:"各方队组织休息,20分钟后组织训练。"顿时大家都火冒三丈了,我也抱怨个不停,真的这么炎热的天气又不让我们午休,下午还正常训练……什么事嘛!原计划不是挺好的吗?我的右腿那么疼,拉一圈还可以承受,可现在拉这么多圈我真的快崩溃了。

每次最害怕付教练问我腿怎么样了,唉。

…2009年9月28日　　　　星期一　晴

再坚持一下吧,再忍耐一下吧,训练生活就快结束了。上午组织了方队的自行练习,柱子哥不停不歇地练着我们,以前刚来 7 排的时候我那么害怕他的这种非人类式的训练,可现在觉得无论怎样都无惧无畏了。

每天困扰我的不是苦不是累,而是我训练伤的疼痛,现在想想训练以来我请过两次假,第一次是头一天夜里拉肚子还站了夜岗,第二天身体很不舒服,于是休息了一上午,结果从 9 点拔草拔到 11 点,我气愤得要命。第二次是感冒发烧,休息了一晚上。每次这样休息的时候其实心里都是那么的不踏实,听着训练场上铿锵有力的正步砸地声,我就那么急切地想返回训练场。我知道自己请假不完全是因为身体不适,也有一部分

正步走。这是在多少个训练日里的成绩

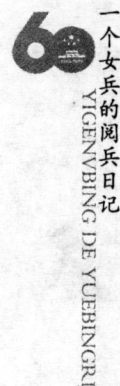

原因我想偷懒了。嗯,不论多么难以忍受一定要坚持,一定要挺到最后。

···2009年9月29日　　　星期二　晴

上午、下午一如既往地训练让我觉得讨厌,看到每一个人都讨厌。好不容易袁总让提前一个半小时收操,可我们方队又因为上次"八一"制片厂拍摄的大阅兵不太完美所以答应摄制组利用这会儿时间来补拍,可恨的是我们必须穿着受阅服来拍。呀……气死人了!飞速回宿舍换衣服,开工。总算是拍完了……明天快到来。

···2009年9月30日　　　星期三　阴

九月份的最后一天了,可是我们大转盘的活动仍没有要停止的意思,怎么说呢,这是在沙河阅兵村的最后一天训练了,所以必须竭尽全力地去踢好每一步,腿依然疼着,可我特别卖力地走完了。汗水浸着自己的身体,我突然觉得很有成就感。

下午进行了正式阅兵前的动员和宣誓,又表彰了一部分队员,明天就是正式的阅兵了,等了一年的十月一日终于就要来到了!我一直对自己说一定要保持良好的心态,千万不能紧张,一定要发挥出自己的最好水平!

2009年10月1日,我们将从这里走向天安门广场。我们庄严宣誓:高举旗帜,听党指挥;不辱使命,不负委托;严格要求,严格训练;不怕吃苦,不畏艰难;顽强拼搏,奋勇争先;甘愿牺牲,自觉奉献;严守纪律,确保安全。以一流的精神风貌、一流的训练成绩、一流的作风纪律,展示三军女兵风采,当好全军女兵代表队!当好总后代表队!当好白求恩传人代表队!续写精彩华章,奉献精品成果。接受胡主席检阅!接受全国人民检阅!为军队争光,为军旗添彩!向伟大祖国献礼!

庄严的誓词让我内心激动不已。我想自己现在的任务就是完成好明天的阅兵!

呵呵,"十一"!想你、盼你、爱你!

···2009年10月1日　星期四　晴

阳光明媚,心情也格外的好。

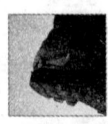

凌晨3点钟我们基准兵开始到会议室化妆,哇,是毛戈平学校的化妆师呐。等了十几分钟轮到我化妆了,化妆师很细致地为我化了妆,回到宿舍大家都说化得很鲜艳,而且化得也特别喜庆,用的是橙色的眼影。由于昨天晚上过度兴奋没睡踏实,所以眼睛肿了。呵呵,真不好意思,不过现在还早,我想到了上午10点钟开

始检阅的时候一定会消肿的。

今天虽然起得这么早,可仍觉得时间那么不够用,到 5:50 登车时仍感觉手忙脚乱的,我一连检查了三四次物品,就怕出半点差错。天已渐渐地亮了,可今天在车上困意全无。雨虽然停了,仍能感觉到空气是湿漉漉的,地面也是湿湿的。那长长的车队只能用壮观一词来形容,前面有开道车护驾开道,排起了长龙。

"大家都醒醒,补充一点早餐吧,再有 40 分钟就到了。"我们亲爱的主任说着。

我们提议一起唱一支我们自己的歌来加油鼓劲儿,《三军女兵方队之歌》——"踏着青春的节拍我们大步走来,祖国和人民在赞美我们女兵的风采,让汗水挥洒我们的情,用脚步丈量我们的爱,三军姐妹把光荣高举,铿锵玫瑰永远盛开……"我们个个气势十足,有信心打好这最后一仗,一起喊"加油",一起喊"三军女兵方队万岁",信心十足!

到长安街上了,路边有那么多的游行者、记者。呵呵,格外的亲切。再往里走是排列整齐的机械化方队,在阳光的照耀下显得都那么庄重。到了我们的下车位置,听到的都是游行队伍的欢呼声,他们在喊"共和国万岁!""共和国女兵万岁!"一切都是我们熟悉的,只有发挥出最好的水平才能回报我们的祖国和人民。

可令人担心的是由于夜里刚下过雨,所以地面特别滑,会有影响吗?看着明媚的太阳,希望到分列式的时候地面可以变干。

与我想象中不同的是今天的气氛不像想象中那么紧张,而且感觉和以前合练预演差不多,10点正式阅兵式之前我们几乎都在放松站立。

"首都各界庆祝中华人民共和国60华诞现在开始……"听着解说员的解说词我的心情无比兴奋又有一丝慌乱,我不断告诫它,平静再平静。

"鸣礼炮60响!"与以往不同的是真的礼炮,但也没有想象中的那么震耳欲聋。听到国旗班步伐有力地走过来了,可惜的是不能近距离目睹他们的风采。

"升国旗唱国歌,全体肃立!"每次预演的时候唱国歌我都会特别的投入,满腔的热血不知道该怎么表达,似乎眼泪都快掉下来了,今天更是如此。

房司令向主席报告完之后,阅兵正式开始了。这是正式阅兵了,但这是主席第二次检阅我们。一切进行得很顺利,马上就转换到了分列式。我似乎稍稍有一点紧张,机动前进着,路边似乎少了许多预演时的观众,有些"特别"的安静。分列式到了调整线,整齐线一过,我开始比刚才机动时更加紧张了,不过前后距离一直保持得很好。正步线到了,说实话,我特别的紧张,我害怕自己的膝盖疼痛影响到动作,也害怕自己的动作出一点差错,更害怕自己的步幅出现误差导致前后距离的

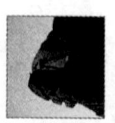

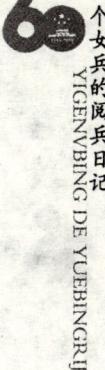

变化,而且这样的路况对于我来讲简直就是在做危险系数极高的训练动作。我不断地提醒自己上体一定要特别稳,前后对正也不能出毫米差错,平日里易犯的毛病也在脑子里回放着。听到"向前看"的口令时,我兴奋极了,很顺利地走完了这 96 米、128 步,每一步我都走得那么坚实,是最成功的一次。

换齐步之后我心里稍稍放松了一点,抬眼看了看,摄像机根本没几个,而且只有高空摄像,心里嘀咕着怎么会这样?!

哦,对了,刚走到东观礼台时我们毫无准备地进入了盲音区,但我们的步伐丝毫没有乱,当时我们基准兵的位置还隐隐约约能听到乐,我是最不能乱的,作为基准兵对一个排面 24 人要负责,对自己身后的 8 名基准兵要负责,"柱子"排面的基准兵一定要稳定。呵呵,不错,我做到了。

到了分进线后,紧接着机械化方队驶过,但我们所有人都没有松劲儿,此时脑子里全是安慰,同时也特别急切地想知道我们表现得怎么样。向左转我们走进了胡同,安全带后面全是群众,听到许多的暖心窝子的话。

"孩子们,你们太棒了!"

"女兵,万岁!"

"太棒了!"

"你们辛苦了!"

还有人向我们敬礼,有人在那里站着拜我们。此时此刻荣誉感油然而生,也体会到了自己一年来付出所取得的成绩。对,这就叫做成就感。走到路口,看到了我们的跟车干部,向我们竖起了大拇指。此时激动和喜悦无法言表。

登车后,我们没有往日的叽叽喳喳,每个人都把头转向窗外,仰望天空,让眼泪肆意地流淌。我知道那是我们抑制了一年的泪水,这一刻我们等了一年。为了这一刻我们吃苦受累脱皮掉肉,为了这一刻我们日复一日风雨无阻,为了这一刻许多战友说"即使残了也心甘情愿",为了这一刻我们流了多少汗水吞下多少泪水,为了这一刻我们艰难地迎接着日复一日无限重复的训练日,为了这一刻我们……我们的2009年全部献给了这一刻。我总觉得2009年这一年空空的,似乎什么也没经历。呵呵,结束了,自己日日夜夜期盼的十月一日走过天安门终于如愿了。结束了,平安顺利心满意足地结束了。生活中的苦和累都体验过了,生命中的垂死挣扎也感受过了,现在我敢说是自己的意志战胜了重重困难。

忘不了学校里的挑选组队;忘不了良乡寒风刺骨的冬天;忘不了别针子、背板子、绑沙袋;忘不了赤日炎炎的沙河机场;忘不了从军姿站立到分列式;忘不

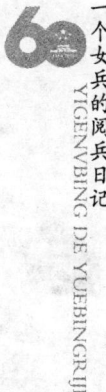

了汗水呈直线的流淌；忘不了穿靴子时脚泡的疼痛；忘不了痱子的折磨；忘不了右腿的疼痛；忘不了自己拖着疼痛的腿拼命走完大循环；忘不了第一次哭；忘不了第一次被胡主席接见，更忘不了主席第一次检阅；忘不了和军乐队第一次合练；忘不了第一次和机械化方队合练；忘不了第一次和飞行梯队合练；忘不了第一次天安门预演；这一切的一切都忘不了，一生都忘不了。忘不了不当基准兵的心痛，忘不了再次当基准兵的不安与努力……

　　记得三九天我们的脸、耳朵和手脚上的冻疮一回到温暖的宿舍就开始流脓；记得三伏天我们在训练场上像洗了淋浴一样，身上的痱子折磨着我们，腋下被衬衣磨破了口子也咬牙坚持，脚上的血泡和脓泡肆意地滋长着，马靴把脚挤得像裹三寸金莲一样；记得针子把脖子扎到淤血，板子背到肩胛骨破皮，沙袋从两个增到四个，血泡惨烈到脚后跟溃烂；记得十几只蚊子在脸上无情地吸血，我们用力踢正步砸地力图把蚊子惊走，可一切枉然……

　　再见了2009年的10月1日，再见了雄伟壮观的天安门！这一天是神圣的，为了一种信念我们坚强地走过春夏秋冬，一种强大的动力让我们严要求高标准地训练着。一切结束了，我想大声说："我们无愧于三军女兵这个光荣的称号！"

车子起动了，我们放肆地向窗外挥手，这是我们第一次这样大胆地挥舞自己的手臂。其他方队的战友也向我们挥手，我们泪流满面，我想他们的泪水一定全在心里，男儿有泪不轻弹，男儿的眼泪一定全在心底。路两旁的群众都向我们竖起了大拇指。很感动，我们向他们致谢。更让我们感动的是有许多群众拿着一袋袋的食品敲着我们的车窗让我们带上，这就是"拥军"吧。呵呵，真感动啊，由于纪律我们不能收，看到他们追着我们开动的车子跑时，泪水再也关不住了，一直往外涌。回去的车子开得特别快，我们一起唱着歌疯狂地流着憋了一年的眼泪。《光荣啊，三军女兵》——"绿色装扮着青春的靓丽，波涛回荡着豪迈的誓言，蓝天放飞着理想的翅膀，爱红妆的姐妹更爱武装。艰难考验着坚强的意志，泪水见证着无悔的追求，正步迈出了忠诚的足迹，爱红妆的姐妹更爱武装。荣誉和光荣化作生命的感动，肩负使命我们走过酷暑寒冬，三军女兵英姿相伴，成功的喜悦在心中涌动。敬礼，祖国！敬礼，八一军旗！"

回到了阅兵村看到留守在家的战友们在营门外迎接我们，敲锣打鼓放鞭炮，我们排着整齐的队伍步入了营门。

从此以后告别了沙河的训练场，告别了训练日，告别了教练的口令，我们成了"自由人"。放松了的心情，

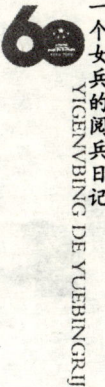

放松了的庆功宴,一切都变得那么自在,曾经的"恩怨"此时都烟消云散,曾经有多少牢骚现在只有一句:"我们无怨无悔!"

⋯2009年10月2日　　星期五　晴

接下来做的就是收拾行李,准备撤离阅兵村了。宿舍里搞得乱七八糟的,头疼的事情又来了,我最害怕收拾……

但每个人的心情是放松的。

连续又开了几次表彰大会,我心里只盼着早点儿回家。

可我们学校的学员5号以后要集体组织去西安旅游,然而我又临时接到通知去北京师范大学当教练带训,我想一切都顺其自然的好。

⋯2009年10月3日　　星期六　晴

一年一度的中秋节,我们在这个光荣的集体——三军女兵方队中度过。晚上方队为我们组织了一场晚会,这种氛围也许是一生不可遇又不可求的。精心的准备让我们的营区充满了温馨,战友们互诉衷肠。今天允许我们放开了吃、喝、玩。我们放下了,是的,放下了那个压了一年的千斤重担,放下了心里的石头!方队今天允许我们过个"啤酒节",也许是心情太好了,也许是借酒发挥了,我们都使劲儿地畅饮干杯,狂欢,忘了相互感慨了些什么,忘了怎么回到了宿舍,只记得我们笑着都哭了⋯⋯

铁姑娘们,咱们永远是一家人!

⋯2009 年 10 月 4 日　　　星期日

在临别之际,我深信我们三军女兵方队的战友情是最深的。无论以往竞争是多么"无情",但是此时此刻我们依依不舍。我们一起在这一年共同经历了太多,共同成长、共同进步。相信,我们之间不会因为离别而淡忘,因为我们无论在何时何地都是一个整体——三军女兵方队。

⋯2009 年 10 月 5 日　　　星期一　晴

往日挑灯夜战、热火朝天的阅兵村一下子被情深意浓、依依惜别的氛围所替代。

相见时难别亦难。离开了沙河阅兵村,也许一生再也没有机会回来了,战友相互话别,分别时队友全都哭了⋯⋯

三军女兵这些阅兵场上英姿飒爽的铁姑娘们,此时只有离别的眷恋与不舍。10月5日,北京沙河阅兵村,参加国庆60周年大阅兵的14个徒步方队分批次撤离阅兵村,回到位于祖国各地的建制部队单位。在一曲曲送战友、祝福等歌曲中,战友们挥泪告别……

再见了,阅兵村!

再见了,亲爱的战友!

后记

  时间过得真快,难忘的阅兵生活作为生命中精彩的一页已经成为过去。回头展望阅兵历程,一路从幼稚走向成熟,从风雨走向彩虹,从训练场走向天安门,点点滴滴尽在字里行间。其中滋味绝非未曾亲历者所能体会,现在生活的色彩渐渐褪去,一种神圣的紧迫感和责任感在强烈地驱使着我把这一特殊的经历展现出来与世人分享。一方面用以自励,也让更多的人了解三军女兵,理解阅兵精神。同时也以此回馈那些曾与我朝夕相处,在训练场上结成铁一般情谊的可亲、可爱、可信、可敬的好战友、好教练、好领导。

  在此,感谢在阅兵训练中领导、教练对我的

严格要求和鼓励,感谢战友及亲朋对我的支持和帮助。感谢父母鼓励支持我《阅兵日记》的出版,同时也感谢在百忙之中的峻峰哥哥、玉文、俊青叔叔和晓玲阿姨给予指导和帮助。由于阅兵期间本人条件所限留有的图片资料匮乏,书中大部分图片由管理干部尹威华同志拍摄,还有部分图片来自战友馈赠和网络下载,深表感谢。

阅兵结束已一年有余,日记中一些偏激的言辞仅是我当时心情的一种宣泄,全无恶意,敬请领导、教练、战友予以高度谅解。

向曾经共同战斗在阅兵村的全体官兵致敬!

作者 2010年12月于山西

图书在版编目（CIP）数据

一个女兵的阅兵日记／段学敏著． —太原：山西人民出版社，2011.4（2012.1重印）
ISBN 978-7-203-07249-2

Ⅰ.①一… Ⅱ.①段… Ⅲ.①日记—作品集—中国—当代 Ⅳ.①I267.5

中国版本图书馆CIP数据核字（2011）第062424号

一个女兵的阅兵日记

著　　者：	段学敏
责任编辑：	阎卫斌
装帧设计：	睿 MIX
出 版 者：	山西出版传媒集团·山西人民出版社
地　　址：	太原市建设南路21号
邮　　编：	030012
发行营销：	0351-4922220　4955996　4956039
	0351-4922127（传真）　4956038（邮购）
E-mail：	sxskcb@163.com　发行部
	sxskcb@126.com　总编室
网　　址：	www.sxskcb.com
经 销 者：	山西出版传媒集团·山西人民出版社
承 印 者：	山西出版传媒集团·山西省美术印务有限责任公司
开　　本：	890mm×1240mm　1/32
印　　张：	9.25
字　　数：	180千字
版　　次：	2011年4月　第1版
印　　次：	2012年1月　第2次印刷
书　　号：	ISBN 978-7-203-07249-2
定　　价：	23.00元

如有印装质量问题请与本社联系调换